做个阳光上进有出息的女孩

丁祥文◎编著

民主与建设出版社

图书在版编目（CIP）数据

做个阳光上进有出息的女孩 / 丁祥文编著. -- 北京:
民主与建设出版社, 2017.11
　ISBN 978-7-5139-1784-1

　Ⅰ.①做… Ⅱ.①丁… Ⅲ.①女性－成功心理－青少
年读物 Ⅳ.①B848.4-49
　中国版本图书馆CIP数据核字（2017）第267258号

做个阳光上进有出息的女孩
ZUOGE YANGGUANG SHANGJIN YOUCHUXI DE NÜHAI

出 版 人　许久文
编　　著　丁祥文
责任编辑　郭长岭
封面设计　天行健
出版发行　民主与建设出版社有限责任公司
电　　话　（010）59417747 59419778
社　　址　北京市海淀区西三环中路10号望海楼E座7层
邮　　编　100142
印　　刷　北京爱丽精特彩印有限公司
版　　次　2018年1月第1版　2018年1月第1次印刷
开　　本　710×1000mm 1/16
印　　张　16
字　　数　232千字
书　　号　ISBN 978-7-5139-1784-1
定　　价　35.00元

注：如有印、装质量问题，请与出版社联系。

前言

　　有人说，女孩是上天赐给父母最好的礼物。没有哪个父母不希望自己的女儿成为高贵、优雅、幸福的公主，没有哪个父母不希望自己的女儿能够健康美丽地成长，但并不是所有的父母都能如愿以偿，并不是每个女孩都能拥有美丽的花环。正所谓：美玉离不开能工巧匠的精心雕琢，女孩要想美丽成长离不开自身修养的修炼和提升。

　　那么，女孩要想美丽成长具体需要做些什么呢？本书将会帮助你找到答案进而完成这个梦想。

　　《做个阳光上进有出息的女孩》是一本专门写给女孩们的书，它广泛借鉴了世界上最经典、最动人、最具说服力的成长故事，从自信、优雅、人缘、真爱、个性、习惯、学习、心态、快乐、理想等方面涉及了女孩成长中需要的每一个主题，使女孩们在知识、思想和行为上都能有一个全新的发展。虽然故事短小精悍，但是具有极强的说服力，而且篇篇都蕴藏丰富的教育功能和深刻的教育意义，不仅会给正行走在成长之路的女孩们送来一盏明灯，激发她们对社会、对人生的积极思考，并且会点燃她们人生的智慧火花，使女孩们见微知著。

　　本书并不是传统的罗列故事，而是在故事的后面还紧紧地围绕"美丽成长"的主题，增加了"女孩励志课堂"和"美丽成长智慧库"两个板块，不仅丰富了知识，增加了趣味性，还激发了女孩们深深的思考。

　　本书不但为女孩们开启了一扇领略人间美景的窗口，还为女孩们

的健康成长营造了一片纯净的天空，让女孩们在经典故事中寻找自己的影子，在享受读书的快乐的同时，还要把自己与故事中的人与事作比较，有则改之，无则加勉，而且能够深深地感受到成长的快乐，这是送给女孩们的一份珍贵的礼物。

一份机缘可以改变人的一生，而《做个阳光上进有出息的女孩》就是成长中女孩的一份美妙的机缘，因为它可以点亮你的智慧，净化你的心灵，增长你的知识，成就你的理想。最后，笔者希望阅读本书的女孩们都能够美丽、健康地成长，愿所有的女孩都能成为人世间一道亮丽的风景，不要有任何悔恨、任何迷茫，做个内外兼修的美丽女孩。

目录

目录

5

彰显自我——成为优雅个性的俏公主

罗曼·罗兰说，"没有伟大的品格，就没有伟大的人，甚至也没有伟大的艺术家，伟大的行动者。"所以说，好的品质是促使人拥有"正向积极"能力的催化剂；而坏的品质则会使人在"反向道路"上越走越远。所以塑造好人性中最基本的品格，对一个人的一生尤为重要。

第1章
蕙质兰心——优美的艺术，优雅的生活

1.优雅的女孩最美丽

言谈举止是衡量女孩自身修养的一个标尺，是一种美，一种境界。但是，做一个优雅的女人并不是一件容易的事，需要女孩从小就修炼自己。下面这个故事很值得大家借鉴：

一天，一个8岁的小女孩问妈妈："妈妈，路边的花儿会说话吗？"

妈妈很耐心地回答："噢，我亲爱的宝贝，花儿如果不会说话，春天该多么寂寞，谁还对春天翘首以盼呢？"

小女孩听了妈妈的回答满意地笑了。

小女孩长到了18岁，一天，她又问爸爸这样一个问题："天上的星星会说话吗？"

爸爸深沉而认真地说："噢，孩子，星星若能说话，天上就会一片嘈杂，谁还会向往天堂静谧的乐园呢？"

女孩听了爸爸的回答同样满意地笑了。

转眼间女孩长到28岁，已是个成熟的女性了。有一天，她又问做外交官的丈夫："昨晚的宴会，我的言谈举止合适吗？"

外交官对妻子欣赏而自豪地说："亲爱的，你简直棒极了，你说话的时候，像叮咚的泉水，悠扬的乐曲，即使有千言也都能恰到好处，使人不厌烦；你静处的时候，似浮香的荷，优雅的鹤，即使静音也能传千言……亲爱的，能告诉我你是怎样修炼的吗？"

女孩很得意地笑了，并高兴地说："8岁的时候，我从当老师的妈妈那儿学会了和自然界对话。18岁的时候，我从当作家的爸爸那儿学会了察言观色，什么话该说，什么话不该说。在上大学时，我从哲学家、史学家、音乐家、外交家那里学会了和什么样的人谈什么样的话。与你相爱后，我还从你那里学到了思想、智慧、胆量和爱！"

女孩励志课堂

优雅是女孩魅力的至高境界。因为优雅的魅力可以驱散面容的缺陷，可以抵御岁月的侵蚀。优雅是女孩内在美与外在美完美结合的体现。所以，女孩要想优雅，首先要充实内心世界，注重心灵的锤炼，让美好的气质在女孩的身上和心中生根、发芽，茁壮成长。

美丽成长智慧库

如何成为举止优雅的女孩？

气质是内在修养和外在行为谈吐的总和。优雅大方、自然的气质会给人一种舒适、亲切、随和的感觉。如果你想要拥有好的气质，具体可以从以下几方面入手。

首先，要从小多学习科学文化知识。知识可以武装人的头脑，使思维变得敏捷、灵活而富有创造性，还可以开阔视野，积累丰富的社会经验。这些都会使你在言谈举止中透出智慧与大方，对优雅气质的培养十分有益。

其次，要养成良好的语言行为习惯，得体的谈吐会为你气质加分不少。

再次，要培养自己良好的道德品质。品德是良好气质的灵魂。只有拥有了美好的心灵你的气质才会得到升华。

最后，要注意服饰打扮。服饰是一个人精神面貌的体现。不要过分地追求奇装异服，得体的服饰才会给你的气质锦上添花。

2.绿色玻璃球

梅梅出生在一个比较富裕的家庭，父亲是一家公司的总经理，母亲是当地一所大学的老师。

她从小就像是一朵长在温室里的花朵，父母都对她有求必应，溺爱有加。在这种环境中成长起来的梅梅具有极强的个性，暴躁的脾气，情绪波动非常大，常常迁怒于他人。

这样的个性，让长大后参加工作的梅梅在单位的人际关系非常紧张，同事们都对她敬而远之，搞得她很被动，也很无助。于是，梅梅便向大学里的死党丽丽诉苦。丽丽对她说："梅梅，我很理解你现在的心情，如果你愿意听我一句劝告，那么你现在其他的都不要想，让自己安静下来，好好地享受一下宁静的生活。"

梅梅听了丽丽的话，开始试着放弃先前忙碌的生活。她向单位请了一个长假，想让自己能彻底地放松。休假之后的美子心态好了很多。此时，丽丽又建议道："日后在你发脾气之前，不妨想想，究竟是哪一点把你惹怒了。我觉得有两种思考可供你选择：一种是让每件事情都在脑海里轮番上映，另一种则是顺其自然，让思想自己去决定。"说着，丽丽拿出了两个透明的刻度瓶，然后分别装了一半的清水，随后又拿出了两个塑料袋。梅梅打开一看，原来是两个玻璃球，一个是绿色，一个是白色。梅梅不明白丽丽的用意，于是问："这是什么？"

丽丽解释说："当你生气的时候，就把一颗绿色的玻璃球放到左边的刻度瓶里；当你控制住自己的时候，就把一颗白色的玻璃球放到右边的刻度瓶里。最关键的是现在你已经学会独立控制自己的情绪了。"

梅梅按照丽丽的办法实施了一段时间之后，果然有了一定的效果。有一次，丽丽来到梅梅家做客，当两个人把两个瓶中的玻璃球都捞出来时发现，那个放绿色玻璃球的水变成了绿色。

原来这些绿色玻璃球是丽丽把水性绿色涂料染到白色玻璃球上做成的。这些玻璃球放到水中后，绿色染料溶解到水中，水就呈现了绿色。

丽丽借机对梅梅说："你看，原来的清水接触到'坏脾气'后，也被污染了。你的坏脾气就像绿色玻璃球一样，当你控制不住乱发脾气时，也会影响到别人。所以，当你心情不好的时候，要学会控制自己。否则，坏脾气一旦影响到别人，就会对别人造成莫名的伤害，感情一旦破裂，就再也不能恢复到从前。最简单的道理，镜子碎了即使再修补也会留下裂痕，所以一定要控制好自己的言行。"

梅梅终于明白了丽丽的用意。从此以后，在为人处事上，她不再像以前那样任性，不再乱发脾气。渐渐地，梅梅在同事中也赢得了好人缘，变得开心起来。她还学会了把自己当成一个思想的旁观者和别人的倾听者，学会了审视自己，即使在生活中遇到不愉快的事，感觉到自己的情绪快要失控的时候，也能够及时地控制自己的情绪，避免了很多误解和不好的事情发生。

当有一天，梅梅突然发现那个放白色玻璃球的刻度瓶竟然溢出水来时，她欣慰地笑了，因为她觉得自己对自己的克制已经取得了成效。梅梅坚持了半年，她也得到了"质"的蜕变，控制住了自己的情绪化和坏脾气，学会了理智的为人处世，生活也步入了正轨，脸上也终于绽放出了灿烂的笑容。

女孩励志课堂

情绪也是衡量女孩修养的表现之一。一个女孩即使再漂亮，再有才华，穿着再华丽，但有一个糟糕的坏脾气，周围人对她的评价也会大打折扣。梅梅是一个很明智的女孩，当她意识到自己的坏脾气给自己带来了危害时能及时努力地改正。所以，坏脾气的女孩要像梅梅学习。坏脾气是可以改变的，善于控制自己的脾气和情绪，是一种能力，更是一种修养。

美丽成长智慧库

遇到不顺心的事，女孩应该如何正确宣泄自己的情绪呢？

每个人都渴望事事如意，但生活有苦也有甜。当你面对压力和困扰时，不良情绪自然会油然而生。如果不能及时调节疏导与释放，就会影响到正常生活，继而导致身心疾病，危及健康。那么，应该怎样来排解生活中遇到的不良情绪呢？

　　首先，要学会倾诉和宣泄。遇到不愉快的事时，不要自己生闷气，要学会倾诉和宣泄。你可以像梅梅那样找个朋友倾诉一下内心的感受，以便得到朋友的理解、开导和安慰。或者大哭一场，把内心的不良情绪宣泄出来。

　　其次，可以高歌释放。音乐无国界，而且对治疗心理疾病具有特殊的作用。当你有不满情绪积压在心中时，不妨自己唱唱歌，也可以缓解紧张情绪。

　　再次，要以静制动。心情不好时，内心一般都十分烦躁、坐立不安。此时，可以做一些能让自己静下心来的事情。这是一种以静制动的独特的宣泄方式。

3.一双粗糙而美丽的手

　　做任何事都不要只看表面，而要看到事物的内在美。

　　梅玉生活在一个富裕的家庭，父亲是一名地产商人。梅玉聪明美丽，从小就接受了很好的教育。她在音乐方面很有天赋，闲暇时，会用那一双美丽而修长的手弹奏钢琴，自然常常会博得很多人的赞美，不论是她的琴艺还是她那双修长美丽的手。

　　"我的手是世界上最美丽的，没有人能和我相媲美。"梅玉常常这样想。

　　英子是梅玉的同学，长得也很漂亮，而且在学业上也不比她逊色，但就是没有一双像她那样漂亮的双手。

　　一天，梅玉对班里的圆圆说："圆圆，你看英子的手看起来好粗

糙啊，又红又肿，真是难看死了。"

"梅玉，不要这么说，其实英子的手是我们班学生中最美丽的手，你只看到了表面。"梅玉听了圆圆的话感到很惊讶，于是有些不服气地说道："她的双手明明就是又红又硬的，就像一把刷子，怎么会比我的手还美？"

圆圆解释说："那我就来告诉你原因吧。英子曾经也有一双和你一样光滑细嫩的手，但自从她的父亲去世之后，她要帮助妈妈支撑起家庭的重担，于是每天除了学习，还要忙于生火做饭，洗晒衣物这样的家务事。她用这双手为弟弟妹妹们穿衣服，洗头发，还要用这双手帮助隔壁邻居家生病的小女孩喂药，善良的英子还会用她这双又红又硬的双手去抚摸受伤的流浪猫和狗。为了贴补家用，她还会用这双手在课余时间去捡些废品去卖。现在你该明白她的手为什么是最美的了吧？"

"哦，原来是这样，我对英子在学校以外的生活一点也不了解，我真为自己所说的话感到羞愧，也非常抱歉。"梅玉羞愧地说。

"没关系，现在你已经知道了，那就通过真诚的行动来表达你的歉意吧。要记住老师经常跟我们说的那句话——心灵美才是真正的美。"圆圆认真地对梅玉说。

梅玉点点头，接着说："我知道了，谢谢。还有，我想邀请英子明天来参加我的生日聚会。"

"那你就快点去当面跟她说吧，我想她一定很高兴。"圆圆说。

女孩励志课堂

女孩拥有可人的容貌，只能说她外表漂亮，但不一定是最美，因为中国对"美"的标准是看一个人内外兼修的历练过程。具有内在美的人才是真正的美，才更有魅力。魅力的本身就是一个内在修养的过程。这种魅力会随着时间的考验而越发显得有光彩。

好女孩如何让自己变得更美丽？

女孩的美丽不只在于衣服有多么华丽、身材如何地曼妙多姿、脸蛋多么地精致可人，更重要的是要有一颗纯洁善良的美丽心灵。所以，你要想使自己能够美丽常驻，就要毫不吝惜地付出爱心，哪怕是小小的一个鼓励或赞美的微笑，别人也会从这个微笑中发觉你内心的美；要想让自己有一双迷人的双眼，就应该把目光投放在别人的优点上，善于发现生活中的美；要想使自己的行为优雅得体，就应该多读书，努力丰富自己的知识，使自己变得聪慧起来。千万不要因为拥有表面的美貌就陷入自满中，既有美丽的外表又有智慧的内在才会是最优秀的。因此，你只有不断地加强自己的内在修养，才会不断提升自身的魅力，也只有这样的你才会变得更美丽。

4. 价值百万的项链

很久以前，在一个富足的国家，那里有一个生活朴素的国王。国王爱民如子，从不征税，靠自己卖绳子来维持生活。他的妻子也是勤劳质朴，贤惠，温柔。因此，这个国家人民也都安居乐业，不为吃穿发愁。

但是，一次大型交易会改变了这对国王夫妇的命运。在交易会上，男女老少都穿着节日的盛装前来参加。国王王后也来参加。他们

穿着平日的衣服，自由自在地在人群中穿梭，既没有卫兵，也没有随从，一点也没有国王的架子。

当地最富有的商人和他的妻子也来参加这个大型交易会，商人的妻子戴着一条项链，价值百万。当国王和王后与商人夫妇碰面时，商人的妻子很傲慢地说她的这条项链很贵，价值百万，并以此为傲。

王后回家后感到很沮丧，因为项链的事而闷闷不乐。国王也非常难过，尽管给王后讲很多要过俭朴生活的道理，但是王后就是转不过弯来。国王最终只是徒劳的。

无奈之下，国王开始向他的子民收税，并用征税的钱为王后定做了一条价值百万的项链。如愿以偿的王后带上这条价值不菲的项链，在镜子面前照来照去，十分满意。

一天，国王回到家里，一副很疲惫的样子，而且由于过度的疲劳，身体严重高烧，他便叫王后拿些水来。于是，王后就顶着陶罐去井边打水。奇怪的事情发生了：王后的陶罐刚一碰到水就完全溶化了。因为当时国王的状态很不好，王后很着急，可是试了好几次结果都是一样，依然打不上水来。无比焦急的王后四处寻探事情的缘由，终于从国中圣人那里得到了答案。王后打不上水来是因为这是对她丢掉了艰苦朴素的生活作风，对国民进行横征暴敛的行为的惩罚。于是，王后立即扔掉了项链，穿上了昔日朴素的衣服，这回再顶着陶罐去打水时，果然打出了水。可是当王后提着水回到家中时，发现国王已经死去了。王后后悔万分，悲痛欲绝。她觉得是自己的爱慕虚荣害死了国王。她不肯原谅自己，在悔恨和痛苦中，随国王而去。

这个国家曾经的繁荣也随着国王的死去而一去不复返了，国家的贫穷使国民无比怀念这位勤劳而简朴的国王。

虚荣心是节俭的大敌，虽然算不上一种恶行，但是也不是一种很好的生活习惯。因为贪图虚荣只是一时之快，日后往往会付出很大的代价。所以，你想成功地闯过虚荣这道关，就必须先从检点自己的行为做起。

美丽成长智慧库

女孩如何克服自己的虚荣心？

卡莱尔说："虚荣是虚伪的产物。"有虚荣心的女孩常常是为了追求最完美的自我，而人是不能十全十美的。所以，欲望的过度膨胀就会使虚荣心的分量增加，使自己在人生的道路上找不到正确的方向。

在生活中最常见的就是有的女孩子为了吸引别人注意，不顾家里的经济条件，追求时髦，讲究名牌，花钱攀比摆阔，父母一旦满足不了自己的欲望就会坑蒙拐骗，甚至还有很多女孩误入歧途而不能自拔。那么，要克服虚荣心理，具体应该怎么做呢？

首先，要自尊自重。一定要诚实、正直，绝不能为了一时的心理满足，就不惜用人格来换取。这样只会使自己越来越堕落。

其次，要树立崇高理想，追求内心真实的美，不图虚名。要能正确地评价自己，既要看到自己的长处，又要看到自己的不足，时刻把消除存在的差距作为主要的努力方向。

5.自我欣赏，更要自我认知

有一位年轻漂亮的女人，素有"万人迷"之称，特别是那双明亮迷人的双眼，迷倒了很多男人。有两个年轻的男人同时爱上了她，并且几乎同时向她求了婚。

两个男人的求婚让她满心欢喜。但是，对两个男人的选择着实让她有些为难，究竟选谁呢？于是，女人把两个男人叫来，说："我叫你们过来是有原因的，你们俩都说很爱我，这让我很难抉择，因为你们俩都是很棒的男子汉……"

两个男人又是你不让我，我不让你地对这个女人山盟海誓，诉说衷肠：

"没有人比我更爱你了，我愿意把心掏出来给你看。"

"不，最爱你的人是我，为了你，我甚至愿意付出生命。"

……

两个男人争执不下，四目相对，似乎有要决斗的架势。

这时，站在一旁的女人说话了："你们这么做就能知道谁爱我有多深了吗？而且在现在的文明社会要用决斗这种方式来解决问题，似乎行不通，你们应该向我展示一下各自的能力到底有多强。"

两个男人表示同意，问女人："你说怎么办吧？"

女人说："我要你们去做生意，看看一年以后你们谁能赚取更大的利润，当然，我并不是那种财迷心窍的人，只是这是在现代社会检验男人成功的一个很好的标准尺度。"

两个男人同意了女人的比赛方式，而且都忙于研究最适合自己而且最有利可图的行当。一年来，他们按照计划进行着自己的工作，甚至到了废寝忘食的地步。

时间过得很快，一年的期限到了，他俩如约地回到了女人那里。一个男人说："我竭尽全力地工作，但是遭到一场始料不及的灾难，所以我的生意不尽如人意，我决定退出比赛。"

但是另一个男人却说："我的生意很好，但是如果他要是没有灾难不会比我差，这样的结果似乎不公平，因为没有站在同一个起跑线上进行比赛。在这种情况下即使我赢了，心里也觉得不是滋味，所以我愿意将比赛推迟一年，公平的竞争，公平的决定胜负。"

女人也觉得这个建议很合理，于是比赛继续进行，在接下来的一年里，两个男人对自己的工作更加认真，而且他们的生意也是一天比一天好。

又是一年结束了，他们又如约地回到女人那里。一个男人说："今年我的生意很好，似乎已经在他之上了，但是我并不感到高兴，因为这一年对我来说难度太大了，作为回报，我请求再推迟一年。这样于情于理，对谁都好。"

女人又一次同意了，两家企业继续扩大规模，虽然偶有失误，但是他们能把失误控制在最小的范围内，使各自的生意越做越大。

一年后，两个人又一次推迟了约定的期限，因为经过了几年的打拼，他们似乎真正理解了什么才是真正的商界，竞争的意识不断地增强，目标也变得越来越大。

他们正以饱满的热情在竞争中寻找着乐趣和刺激，他们的生活似乎变得更有价值，而其他一切与他们在竞争中享受的乐趣相比似乎都变得无关紧要了。

数年过去了，女人已经不再年轻，她把两个男人叫来，说："今天你们能有如此大的成就，我很高兴，但是不管怎么样，你们都不要忘记当时的诺言，我现在必须要下决定了。"

两个男人耳语一番，然后，几乎同步说："今天我们能够取得如此大的成功，应该全都归功于你，你放心，无论如何，我们明年都会做出决定，但是比赛的条件倒过来，那就是输者娶你为妻……"

女孩励志课堂

岁月催人老，女孩的自身优势会随着时间的流逝而不断地发生着变化。要及时调整自己的思维，否则就会被社会抛弃。只有对自己及时做出准确判断，跟得上时代的步伐才不会被人们淘汰，才会成为生活的强者。

美丽成长智慧库

女孩如何正确地认识自己？

生活中有很多女孩找不到自己的位置，妄自菲薄，就像故事中的女人，不会及时调整思维模式，由最初的主动者变成了被动者。所以一定要正确地认识自己。

首先，要学会自我欣赏。自我欣赏是一种充满自信的行为表现。具体从"三我"中可以体现：女孩要感觉到"我重要"，这种感觉也是今后确立自尊心的先决条件之一；要感觉到"我能干"，这样会培养你独立自主的能力；要知道"我也俏"。这"三我"会帮助你学会正确的欣赏自我。

其次，学会认识自己。认识自己包括认识自己的生理和心理状态两方面。只有正确地认识了自我，才能更好地完善自我，提高自我。

再次，学会跳出一个"我"字。要从小养成合群的习惯和行为，善于向别人学习。自主树立"山外有山、人外有人"的观念。这对今后的人际交往能力、合作意识和行为的发展均是一个良好的启蒙。

6.一套美丽的蓝色连衣裙

小女孩莎莎出生在贫困家庭中，妈妈身体有残疾，什么重活也干不了，全家的生活只靠爸爸打一些短工维持。莎莎的家位于县城里最破的一条街道上，那里又脏又乱，她家里的房子已经多年没有粉刷过墙壁，院子里没有自来水，这条街的住户都要到街角的自来水那去提水，街上的景象也很落后：没有人行道，没有路灯，只是街头一角的铁路线给这增添了一些嘈杂声，因为住在这条街的人都是一些穷人。

春天来了，新的学期，别的街上的小女孩们都穿着漂亮的衣服高高兴兴地来上学了，但是莎莎还是穿着她那件又脏又破的棉袄，在老师和同学们的印象中她就只有这一件衣服。

莎莎学习十分用功，成绩也相当好，而且她十分有礼貌，对谁都是一脸微笑。可是，因为家里缺水，所以她的脸经常是脏兮兮的。

一天，老师很尊重地对莎莎说："莎莎，老师觉得你是一个很漂亮的姑娘，如果你能把脸洗干净，那就更漂亮了。"

第二天，莎莎果然把脸洗得干干净净，还把头发梳得整整齐齐。放学时，老师又把她叫住，对她说："好孩子，如果你的衣服能够再干净一点就更好了，让你的妈妈帮你洗洗衣服吧。"

可是第二天，莎莎依然穿着那身脏衣服来上学了，接着第三天，第四天……都是如此。

"难道是莎莎的妈妈不喜欢她吗？"老师想。于是，一个星期一

的早晨，老师把自己给莎莎买来的一套美丽的蓝色连衣裙送给了她，老师是希望在新的一周给莎莎一个新的开始。

莎莎接过老师的礼物，真是又惊又喜，放学后她飞快地跑回家。

第二天，莎莎穿着老师给买的那套漂亮的蓝色连衣裙来上学了。她很高兴地对老师说："这是我穿的第一件这么漂亮的衣服，我穿上这件衣服时，我妈妈的嘴巴都张大了，爸爸竟然也出去找工作了。"

老师很高兴地拍拍莎莎的头说："可爱的孩子，不仅仅是这条裙子美丽，因为你本身就很美丽。"

其实不仅仅是莎莎的妈妈对自己的女儿如此漂亮感到吃惊，就连她的爸爸看到穿着新衣的女儿时，也不禁感叹："真没想到，我的女儿竟然这么漂亮。"晚饭的时候，又让他大吃了一惊：桌子上铺了桌布，这在以前是从来没有过的，所以他问道："这是为什么？"

"我们要整洁起来，这样又脏又乱的环境与我们漂亮的女儿是多么地不相称呀。"莎莎的妈妈笑着回答。

晚饭后，莎莎的妈妈又开始拖地，打扫厨房卫生。站在一旁的爸爸看此情景，也不声不响地拿起工具，到后院去修栅栏了。第二天，全家人在院子里开辟了一个美丽的花园。

几天之后，邻居家也开始积极行动起来，把他们家十几年都没有粉刷的墙壁都给刷了一遍。这两家的行为引起了周围更多人的关注。于是，很多人向政府呼吁：在这样一个没有人行道，没有自来水，没有路灯的街道上，居民们正在用他们的勤劳改变着这种糟糕的环境，努力创造一个美好的环境。

几个月后，这条街道发生了翻天覆地的变化，简直认不出它的模样，修了人行道，安上了自来水和路灯。半年后，这条街道和住在这条街道上的人们都彻底变了一副模样：由原来的脏乱变得整洁起来。

老师送给小女孩的一套蓝色连衣裙，竟然引起如此大的反响。这不能不说是一个奇迹。

女孩要想变得可爱而美丽，就要从自身出发，要善于发现自己的长处与不足，找到自己应该努力的方向，而且还要有大胆的创新进取精神和敢于开始的勇气，因为一件事难的并不是过程，而是开始。开一个好头，过程就会变得容易很多。试想，如果没有莎莎的一套漂亮的连衣裙就不会有这条街翻天覆地的变化。所以，奇迹往往就掌握在具有慧眼的人手里。

美丽成长智慧库

女孩如何克服坏习惯？

坏习惯是一个人成功路上的绊脚石，如果任凭这些坏习惯恣意滋长，就会潜移默化的影响到生活的方方面面，比如说谎、邋遢、散漫、做事无计划、过于敏感等对女孩的影响都是不容忽视的。所以只有做到未雨绸缪，并且经过不断的努力，才能够改掉身上的坏习惯，也才可能会有奇迹的出现。但是，前提是你想要克服坏习惯就要付出实际行动。

培养女孩良好的习惯，彻底告别坏习惯，首先要根据自己的实际情况，制定一个行之有效的计划，并且坚持实施。然后，再把目标大胆地说出来，让父母扮演监督和支持的

角色，这样会使女孩感到前所未有的责任感和使命感。

其次，女孩可以养成记录的好习惯。这样有利于女孩坚持自己的目标。当你把自己的目标和抱负变成书面上的东西时，那它变成现实的机会就会大大增加。因为，记录会让你的头脑进一步强化这个意识，还会使计划实施起来更详尽、更现实。

7.一部轮椅里的孝心

小李大学毕业后进入邮局工作，主要负责明信片的分类整理工作。

圣诞节马上就要到了。有一天，小李在人们投进邮筒的一大堆明信片中发现了一张很特殊的明信片。那是一个叫心心的五岁小女孩写给圣诞老人的一张明信片，上面写着这样一段话："亲爱的圣诞老人，我想要一辆电动轮椅，送给我的妈妈，因为她不能走路。我希望她坐着电动轮椅到院子里看我跳皮筋。希望您能满足我这个愿望。爱你的心心。"因为许多字不会写，心心只能用拼音代替，而且有好几个字都拼错了。

小李读完信，眼泪情不自禁地流了下来。她立即决定帮助心心完成这个圣诞愿望。于是，她拿起电话打给她的朋友小杜，因为小杜正好在一家医用器械公司当经理。小杜听了小李的讲述后，立即和轮椅制造工厂取得了联系。这家工厂决定赠送给心心的妈妈一辆电动轮椅，并且表示会在圣诞节的时候送到她家。

在圣诞节的前一天，这辆价值2000多元的轮椅送到了心心家的门前。许多媒体都得知了这个消息，纷纷到场进行报道。

看到如此多的热心人在帮助自己，心心的妈妈流下了感激的泪水，并且激动地说："这是我过的最美好的一个圣诞节。今后，我不会再把自己终日困在家中了。"心心的妈妈在一次车祸中因脊椎骨骨节破裂，在生活上只能靠家人的照顾。在别人的帮助下，她坐上了这辆崭新的轮椅，在附近的停车场上进行了试用，而且整个过程都很顺利。看到妈妈脸上洋溢着灿烂的笑容，心心别提多开心了。

轮椅制造厂的一位代表对心心说："你是一个一心想着妈妈而不为自己的好女孩。你高尚的行为使我们感到，有时金钱并不意味着一切。所以我们觉得应该为你做些事。"

女孩励志课堂

爱是人类最美丽的语言，拥有爱心的女孩是最美丽的。因为能把别人的利益放在第一位，首先就是对别人的尊重。这是一种高尚的道德情操。爱的定义很广泛，包括父母的疼爱，老师的关爱，同学的友爱……但是，在任何爱中，父母的生育养育之恩都是无法取代的，所以女孩要爱自己的父母是必需的行为。

美丽成长智慧库

女孩怎样巧妙地与父母沟通？

在现代家庭中，不少父母与孩子之间存在不良沟通

的现状。有的女孩抱怨父母的观念陈旧，不能和他们的想法达成一致，特别是叛逆期的女孩，常常会以消极、叛逆的口吻跟父母沟通。如果沟通受到阻碍，父母与女孩之间往往就会出现代沟。长此以往，本来很亲密的父母与子女会成为彼此伤害最深的人。其实，女孩与父母之间沟通也不是一件难事，主要是要掌握一定的方法：一是要学会理解。与父母沟通需要谈自己的意见，但更需要去学着理解父母。做一个耐心的人，试着去了解父母的想法进而找出相互之间的矛盾和冲突的所在，有助于澄清事实，避免造成更大的冲突。二是要创造交谈的良好机会。比如在某个特定的点或是从一件相关的事入手，循序渐进地向父母表达出我们的观点，试着让他们去理解。父母只有理解了你，才会有可能支持你。三是避免过度反应。为了保持友好的交谈气氛，绝不要带着焦虑和情绪与父母交谈。父母在提出问题时，最好以商量的、平和的语气回应。

8.诚实，同样会赢得成功的掌声

在一次全国英语朗诵比赛上，一个来自浙江的11岁的小女孩夺得了小学组的冠军，她叫罗艾。如果论出色，她并不比其他选手有很多优势，因为其他选手一路过关斩将的精彩表演着实让很多评委和观众报以热烈的掌声。那她是凭借什么摘得了冠军的宝座呢？

在决赛中，罗艾朗诵了一篇优美的诗歌，语调优美、流畅，获得了全场的掌声。可是，由于她的江南口音有些软，所以其中有一个英文单词"招认"的音她发得不是很准，评委们难以判断她说的第一个字母到底是A还是E。评委们经过商议之后，并把录音带倒带后重复听，仍然辨别不了她的发音是A还是E。

最后，评委们决定直接问一问罗艾。其实，罗艾根据他们的低声议论，已经知道了这个词的正确拼法是A，但是她却毫不迟疑地回答，她错了，刚才她把这个音发成了E。

评委们都很惊讶："你既然已经知道了正确答案，而且也很有可能得到冠军，为什么你却说自己发音错误呢，难道你不知道这么做意味着什么吗？"

罗艾很坦诚地回答说："因为我知道做个诚实的孩子要比冠军的荣誉更重要。"

罗艾的话音刚落，整个会场就响起了热烈的掌声。评委经过商定一致认为这个冠军的奖杯非她莫属。正如罗艾所说，"诚实要比冠军的荣誉更重要"。她的这个冠军奖杯里装着的不仅是荣誉，更多的是诚实的良好品质。

女孩励志课堂

荣誉是每个人都渴望的，但是有些人在面对荣誉的时候会选择不择手段，这样的举动就不值得推崇了。就像故事的主人公罗艾在面对荣誉与诚实的抉择时，她很淡定地选择了诚实，因为在罗艾的心里认为：奖赏的前提必须是诚实，否则就没有公平可言了。也正因为她选择了诚实，才会赢得人们的信赖和敬意。正如英国剧作家琼森所说："不诚实的智慧只不过是诡计和欺诈。"

女孩如何培养诚实的良好品质?

诚实是一种良好的品质。正如德莱所说,"诚实是人生的命脉,是一切价值的根基。"所以从小养成诚实的良好品质对将来的发展至关重要。那么,女孩如何养成诚实的好品质呢?

首先,尊重是诚实品质的源头。只有自尊也尊重别人,才会使别人也尊重你。这是诚实品质的基本条件。

其次,责任感是诚实品质的内在要求。责任,是对自身生命的珍重;是对他人命运的倚重;是对社会发展的凝重。可见,责任感是一个真诚的人的显著标志。因此要重视责任心的培养,从身边力所能及的小事做起,做错了事情自己负责,这样有助于诚信品质的养成。

最后,践行是诚实品质形成的关键。

所谓实践出真知。诚实品质的培养也离不开实践的检验。对待小事时的处世态度、为人作风直接就可以看出你是否诚实,是否具有良好的品质。所以,实践检验这一关是必不可少而且是不可小视的一个环节。

9.没有摘过桃子的女孩

赵先生以前是一位珠宝商,年纪大了之后便把事业交给了儿子去打理,自己和老伴搬到了城市近郊的一栋别墅里去养老。这栋别墅坐落在一个树木环绕的小山冈上。山冈风景很优美，四周郁郁葱葱，到处都长满了桃树。赵先生坐在客厅里就可以俯视整个山冈，他时常欣赏着大自然的美景。在距离赵先生别墅不远处有一所女子寄宿学校，正是由他资助建立的，在那里上学的都是附近一些农民家庭的女孩子。这些女孩子在课余时间经常到山冈附近嬉戏，有时候还会偷偷摘几个还没成熟的桃子。

赵先生把女孩们的小把戏都看在了眼里。为了不让这些果树再"遭殃"，他决定和女孩们谈谈。

有一天，赵先生跟这些女孩子做了个约定："在采摘时节到来之前，如果你们没有偷吃桃子，那我就邀请你们来我的别墅做客，品尝最大的桃子。"对这个约定，每个女孩子都是异口同声地表示赞同。

果园里的桃子渐渐地成熟了，变得越发诱人起来，就好像是特意为这群快乐的女孩子们准备的美味盛宴。这群女孩子也是天天期盼着桃子成熟。

当桃子已经可以采摘的时候，赵先生坐在他的客厅里眺望远方，他发现一些女孩禁不住诱惑，去偷摘桃子。他并没有制止，只是静静地看着。第二天，赵先生将桃子小心地采摘下来，挑出最大最好的装满了一大篮子放在客厅里，邀请所有的女孩子来做客。

女孩子们个个兴高采烈地来到了他家。这时候，赵先生提起了他与女孩们的约定。他说："今天我请大家来不仅仅是为了做客，还想请那些遵守约定的孩子们吃桃子。从没偷摘过青桃的女孩子请上前一步，你们可以挑选最大最好吃的桃子，而且想吃多少就吃多少。整个场面一片静悄悄，沉默了好久也没有一个人站出来。正当赵先生想再度开口时，有一个小女孩向前迈了一小步，而其他人都原地不动。小女孩的举动出乎赵先生的意料，他没想到女孩们如此诚实，在吃惊的背后，赵先生更多的是高兴。

他满意地问这个女孩子："你一个桃子都没有摘过吗？"

小女孩认真地说："没有！我一个桃子都没有摘过。"

赵先生又以商量的口吻问这个小女孩："你愿意和你的小伙伴们

一起分享你的桃子吗？"

"是的，我愿意！"小女孩面带笑容地回答道。

赵先生抬起头对那些站在原地未动的女孩子们说："孩子们，你们没有遵守我们的约定，作为惩罚，本不应该让你们吃桃子，但你们的诚实和这位同学的真诚让我改变了主意。"于是，他与女孩子们进行了愉快的"水果之餐"。

女孩励志课堂

诱惑往往能够挑战人的极限。古希腊哲学家柏拉图说："一个有道德的人是一个心里受到诱惑就对诱惑进行反抗，而决不屈从它的人。"人的一生本来就是生活在战场上，生活在充满着种种诱惑的世界里。所以，只有能克制住自己，经得住诱惑的考验，才会活出本色自我，才会使人生变得精彩。

美丽成长智慧库

女孩如何经得起各种诱惑？

剧作家莎士比亚说："女人在最幸福的环境里，也往往抵抗不了外界的诱惑；一旦到了穷困无路的时候，一尘不染的贞女也会失足堕落。"这说明诱惑的力量是巨大的。它能使人清醒，也会使人堕落，关键就看你在诱惑面前如何选择。那么，女孩应该如何抵御各种诱惑呢？

首先，应该加强自身的道德修养，净化自己的心灵，淡泊明志，宁静以致远，无欲则刚。这是古人修身养性的经验总结。

其次，要学会克制自己。控制自己的欲望不是一件容易的事情。每个人心里都会不时发生理智与欲望的交锋。一定要让理智战胜欲望的驱使。如果任凭欲望支配你的行动，那你就成了欲望的奴隶，其结果自然是可悲的。

再次，要激发学习的兴趣，把注意力转移到学习上来。只要你能感受到读书的乐趣，各种诱惑将难以冲破你用理智建立的坚固防线。

10.一双鞋里的诚信

小敏和好姐妹桃子结伴到香港旅游。在一家百货公司的皮鞋部前，两个人停住了脚步。她们都被百货公司进口处的一堆鞋子吸引了。上面标着"超级特价，只付一折即可穿回"。桃子瞥见有双漂亮的大红鞋子，而且拿起来一看的确是惊爆价，原价100港币的鞋子，现在只要10港币。她试穿了一下，觉得皮软质轻，而且完美无瑕，她非常地满意，乐不可支。更奇妙的是，她身上的红外套，简直就是为这双皮鞋量身定做的。

她很中意地把鞋捧在胸前，然后招手呼唤销售小姐。销售小姐微笑着走了过来，说："您好！您选中的这双鞋正好跟您的红外套很搭配。"说着并伸出手，"能不能再让我看一下"，桃子不舍地把鞋子交给她，好像自己手中的宝贝要被人抢走了一样，很担心地问："有什么问题吗？价钱对吗？"销售小姐连忙解释道："不！不！别担心，我只是要确认一下是不是那两只鞋。嗯！的确是！"

桃子有些不解地问："什么叫两只鞋，明明是一双啊！"

销售小姐诚恳地说："看来您很中意这双鞋，也打算买了，但是有一点我要跟您说明一下，请您到旁边来。"

桃子对销售小姐的举动有些迷惑了，不过还是跟着她来到了商场的休息厅。

这时候，销售小姐态度谦和而热情的解释道："非常抱歉！能看得出您很中意这双鞋，不过还是要跟您讲明白，它真的不是一双鞋，而是相同皮质，尺寸一样，款式也一样的两只鞋。您可以仔细比较一下，虽然颜色几乎一样，但还是有一些色差。也许是以前卖鞋时，销售员或者顾客弄错了，各拿一只，所以剩下的左、右两只正好又能凑成一双。我们不能欺骗顾客，免得您回去发现真相以后，后悔而责怪我们。如果您现在知道事情的真相，还有自己选择的空间，您可以再选别的鞋子。"

商场能够如此地讲究诚信，着实让桃子感动。尽管知道鞋子有一些瑕疵，她还是很果断地决定买下这双鞋，因为这鞋中包含着更深层的含义。除了买下这双鞋，她和小敏又分别买了额外两双鞋。

几年过去了，每当朋友夸赞那双鞋颜色漂亮时，桃子都会不厌其烦地讲述那个动人的故事。

女孩励志课堂

真诚待人是一个人的良好品质，也能体现一个人的自身修养。但是在生活中，很多人为了眼前的利益，经不起金钱的诱惑而做出欺骗别人的举动，这其实是很不明智的行为。因为一次的欺骗换来的将是永久的失去；看似一次的吃亏，或许会换来丰厚的回报。因为人与人之间，心灵的沟通胜于物质等利益，是任何事物都无法取代的。

女孩怎样学会真诚待人?

真诚,是健康人格的一个重要范畴。它是一个人外在行为和内在道德的有机统一体,是评价一个人精神境界的标尺。那么,女孩如何从小培养真诚待人的良好品质来提高自身的修养呢?

首先,要诚实。真诚待人的一个大前提就是诚实。只有对别人诚实,别人才会感受到你的真诚。

其次,付出不要以得到回报为目的。真诚待人是一种付出,也是人生的一种积淀,真诚是晶莹剔透的,它不该含有任何杂质。

再次,要坦率。这也是一个真诚的人所需具备的重要品质,是一种建立在真诚根基上的自尊自重。坦率不仅需要道德的力量,同样需要意志的力量。

总之,要想真正做到真诚,就必须以平等、理解、高尚作为路基,并以此来导引真诚的人格情操。真诚是一个古老而又崭新的主题。它不仅可以净化你的灵魂,而且也会激发你向上的力量,从而充分表现和发挥人的价值。

第一篇 彰显自我——成为优雅个性的俏公主

11.家,孩子成长的摇篮

安子在大学毕业那一年,考取了美国哈佛大学的全额奖学金,顺利进入哈佛物理学院成为了一名博士研究生。经过四年的学习,安子

以全学院最优秀的成绩毕业了，她的博士毕业论文更是得到了物理系全体教授的赞赏，并在全系进行了通报表扬。

毕业晚会上，同学们都想听听安子的成长经历，想从中找到她之所以如此优秀的秘诀。安子笑着说，她的成功秘诀不是靠死读书读出来的，如果说是基因的遗传也不太靠谱。接着，安子就给同学和老师们讲起了她的成长之路。她出生在一个教师家庭，父亲是一名绘画老师，母亲是一名音乐老师。她的两个哥哥也都个个充满艺术细胞，现在从事的也都是与艺术有关的工作，家里只有安子一个人喜欢科学，而这一切还要从她喜欢的拼图比赛说起。

安子出生在20世纪80年代初期，那时候国家的经济刚刚复苏，各行各业都百废待兴，人民的生活水平普遍很低。虽然父亲和母亲都有工作，可是要养活一大家子人也很不容易。为了能让孩子们吃得好一些，父亲经常在业余时间到外面替别人画画来挣一些钱。有时候画卖不出去的时候，父亲就会把画纸翻转过来给孩子们画肖像。这个时候也是安子最高兴的时候，她可以和哥哥们一起围在父亲身边，用惊奇的心情等待着自己和哥哥的模样在父亲的画笔之下诞生，内心对父亲充满了尊敬和崇拜，想象着自己有朝一日也能像父亲那样，纵横于画纸之上。

每天晚上，当劳累一天的母亲坐在钢琴旁时，安子和哥哥就会自然而然地簇拥在母亲身旁，开一场别开生面的"家庭音乐会"。他们常常在母亲优美的钢琴声的伴奏下，放声歌唱，歌声中饱含着浓浓的亲情，也流淌着他们对生活的无限热爱，陶醉的同时时刻不忘对母亲的崇拜，立志长大后要成为像母亲一样优秀的人。

除了绘画和音乐之外，安子家还有一项最有价值的教育活动——名画拼图。就是让孩子们动手将一些世界名画的仿制品剪成小块，然后开始自己的"世界名画拼图大赛"。他们常常比赛谁能以最快的速度把碎块拼贴在画板上。安子非常喜欢这项活动，而且经常第一个完成任务。

安子从小就生活在一个自由、温馨、轻松的环境中，每一次的竞争都是一场比赛。每一个游戏都是自我素质和修养的完美提升，最终才造就了现在这个在物理学上取得了优异成绩的安子。

女孩励志课堂

经常做游戏，会促进孩子身体、智能、品德等方面的综合发展，使孩子的生活不至于单调，而且可以开发智力，挖掘自身的潜在能力，甚至会有奇迹发生。在游戏中锻炼孩子的智商要比奋战在书山题海中的孩子强很多，而且自身的修养也比传统的说教式教育好很多。因此，女孩应该积极做各种益智的游戏，并善于在玩游戏的过程中总结思考和挖掘自身的潜力。

美丽成长智慧库

女孩如何在做游戏的过程中挖掘自身的潜力？

安子从小就处在一个相对轻松自由的环境中，但她能自主地从每一次游戏竞争中慢慢挖掘自身各方面的潜力，日积月累，以提高自身的素质和修养，这也为她后来能成为一名学业有成的人奠定了良好的基础。虽然并不是每个人都能成为科学家，也并不是每个人都要成为科学家，但你可以从中学习怎样在轻松自由的游戏中挖掘自身的潜力，为以后的成功创造多一种可能，奠定多一层基础。

首先，对新事物要时刻保持新鲜感和好奇心是前提，

只有这样才会有探究的欲望，才会一点点地挖掘自身关于某方面的潜力。在做游戏时，我们应该学着去享受游戏过程并能从中学到一些有用的东西，但在这之前的一个大前提就是要保持新鲜感和好奇心。

其次，要认真地学好科学文化知识。没有稳固扎实的科学文化知识做基础，思维就不会那么开阔，这样游戏也就只是游戏了。

最后，要有创新的能力和意识。只有能大胆地突破自我，才会激发创造的欲望和激情，也才会有奇迹的诞生。

第2章
我就是我——让美丽的青春特立独行

1.特立独行地通过测试

有一个很有名气的跨国公司，欲以年薪15万的待遇公开招聘一名总经理助理。在上千名的应聘者中，拉拉以端庄的气质、精干的业务脱颖而出，经过层层选拔，终于走到了复试这一关。但是，复试是需要总经理亲自面试的。

在复试中，总经理和拉拉长谈了两个多小时，拉拉从经营战略到工作流程以至新品开发等多方面阐述了自己颇具建设性和前瞻性的建议。总经理被拉拉的能力所折服，不时向她投去赞许的目光。显然，拉拉已经胜券在握了。

于是总经理直截了当地说："你的表现给我留下了非常好的印象。不过你还得接受最后一道题的检验。如果这道题你能回答得很圆满，你将通过今天的测试，成为公司的正式员工。"

这道题目是这样的："有一笔生意对公司非常重要，但是对方的负责人很刁钻，而且有个怪癖就是喜欢跟女孩子在一起喝酒，只要在酒桌上把他陪好，合作的事也就基本上能成功。现在公司如果派你去做这件事，你会怎么做？"

拉拉很淡定地说："总经理，我明白您是在测试我对公司是否忠

诚。虽然我知道如果我选择去，公司一定会录用我，能进入贵公司工作。我很清楚总经理助理的职位对我个人来说意味着什么。但是，很遗憾我的答案是：我不能去，我认为您这样是对我人格的侮辱。"

总经理对拉拉的回答显得很愤怒："你真的感觉自己很优秀吗？这次应试者有上千人之多，如果我让他们去做这件事，他们会争先恐后地去。况且，喝酒也没有什么大不了的。"

拉拉正色道："那个并不重要，首先我认为您刚才所说的话，与您的身份地位是很不相称的。对不起，我觉得今天的测试该结束了。"说着她准备起身离开，但却被总经理拦了下来，他和颜悦色地说："对不起，刚才只是测试。你回答得非常棒，我很欣赏你的个性。请坐，今天的测试你已经成功通过。祝贺你！你被录用了。"

女孩励志课堂

每个人活在世界上都要有自己的尊严。一个人不能因为某种利益就丧失尊严，损坏自我形象，破坏自己的人生原则。所以在为人处世时，当某事触及到原则性问题，必须要坚守住自己的原则，绝不能糊涂，酿成大错。但是有原则的人，并不是一意孤行的固执。要了解自己的角色和位置，知道什么事情该做、什么事情不该做。只有这样的人才能够赢得他人真正的尊重。

美丽成长智慧库

女孩如何练就自己的独立人格？

人格是人的精神名片，独立人格是与自尊、自爱、自强、自立密切相关的，是现代人不可缺少的必备素质，对一个女孩来说更显得尤为重要，因为在当今复杂的社会环境中，我们太容易经不住各种诱惑而失去人格。只有保持独立的人格魅力，防微杜渐，才能使自己卓尔不群。

那么，平时应该怎样做才能培养自己独立的人格呢？

首先要养成独立思考的好习惯。自主地培养对学习的兴趣，激发学习动力，增强学习自觉性，为自己的理想而努力。这样，才会独立地、健康地成长。

其次，自己可以决定的事不要依赖别人。努力提高自我意识，树立正确的人生观和价值观，建立正确的学习目标，端正学习态度，培养良好的学习习惯。

再次，做事要坚持自己的原则。遇到事情时，一定要坚持自己的原则，否则就很容易产生自卑的心理。一旦争之而不得，自我意识随年龄增大而突然觉醒，就会失去自我的人生方向，做出异常的举动。我们并不排斥女孩要追求个性的自我，但是有个性并不等于孤芳自赏，桀骜不驯，而是要保持自己的价值观念、做人原则和处事作风。

2.做青春的主人

初次见到朱云的人，都会对她的相貌不敢恭维。个子很矮，腿短短的，眼睛鼓鼓的，嘴巴大大的，腮帮子也是鼓鼓的，所以同学们给她起了个绰号叫"青蛙"。但是朱云是一个积极乐观的女孩。她从没有因为自己的相貌而自卑，性格十分开朗，对同学称她为青

蛙从来都不生气，还总是笑嘻嘻地答应，所以朱云身边从来都不乏朋友，而她也总是快乐的。就这样朱云带着"青蛙"绰号从小学一直走进了高中。

进入高中阶段的女孩子不免对自己心中的白马王子充满了无限的遐想，朱云也不例外。但是，朱云常常遭到好友这样的调侃："青蛙呀，你以后该怎么办呢？可能不会有白马王子喜欢你的，因为青蛙太小，白马王子是看不到的。"朱云面对好友的调侃，笑着说："没关系，我们青蛙是不会嫁给白马王子的，我们和癞蛤蟆才是一对儿！"好友们被朱云的回答搞得摸不着头脑，而朱云却漫不经心地说："这样就谁也不会嫌谁丑了呗！"大家一听，都笑得前仰后合。

时光流逝，朱云在快乐中结束了高中生活，并且很顺利地考上了某大学的生物系。她和青蛙的缘分也将一直延续下去，因为生物系是少不了与青蛙亲近的机会的。

在两年后的一次同学聚会上，朱云的同学惊讶地发现，朱云真的找到了她的那只"癞蛤蟆"，而且是一只很帅的"癞蛤蟆"。他是朱云的学长，是一个曾经很忧郁，很黑暗的人，因为他把人生中的每一件事都看得没什么意思，觉得对他而言没有什么值得开心的事情，可是当他看到朱云这只青蛙时，却被她的微笑、乐观所深深地吸引，同时他也有一种疑问，难道生活中真的有这么多可乐的事吗？但当他听到朱云的回答后，便真的被这只可爱的"青蛙"打动了，而且心甘情愿地做了与"青蛙"配对的那只"癞蛤蟆"。朱云是这样回答的："学长，我知道你很优秀、很帅，可是你眼中看到的都是比你差、比你丑、比你烂的事物，所以你才会觉得全世界都是不和谐、不完美的。而我却不一样，我觉得自己有太多不足，不够漂亮、不够可爱，因此我看到的世界都是美好的、完美的，所有美好的东西都是值得我用微笑去面对的。"从此，这只"癞蛤蟆"也学会了这种"青蛙式"的自我调侃："我的女朋友是一只快乐的青蛙，而我就是那只追她的癞蛤蟆！"

漂亮的女孩不一定可爱，但女孩却可以因为可爱而变得美丽。所以，那些不漂亮的女孩千万不要自卑，更不要因为自己的不完美伤心难过，而是要学着活出可爱、活出潇洒。正是由于自身的不完美，才会造就出那么多的完美，自身价值也才能更充分地体现，何必为了不出众而烦恼，何必为了争当那一片红花而费神——你就是你，做回本色快乐的自己。

美丽成长智慧库

女孩如何让自己的青春更精彩?

爱美是女孩的天性。女孩们都希望自己有美丽的容貌，迷人的身材。但是，上天并不会把这种优待眷顾到每个人身上。很多女孩常常会因为自己容貌平平而自卑。其实，我们不应该把过多的精力和注意力放在那些无法改变的事情上，更多的是要挖掘和发现自身的优点和长处，充分地利用起来，以长补短，努力提高自身的魅力，就像"青蛙美女"朱云一样乐观而有魅力地面对生活。

好看的外貌和身材会随着时间的流逝而渐行渐远，唯一永恒不变的美丽是智慧。只有用智慧武装头脑的人才会成为最成功的人。所以，只有拥有智慧的女孩才会拥有美丽的人生。

3.享受精致的生活

强子、大胖、小文几个大学里的哥们在毕业之后经常联系，每逢周末，大家都会凑在一起聚一聚。不过，十次聚会九次都会选在强子家里。这不是因为强子家里地儿大，也不是因为强子更爱热闹，主要是因为他的家给人一种清新幽雅、独具一格的感觉，而且强子的媳妇小凤做的菜也很受大家欢迎。

这一切都要从大家第一次到强子家做客开始说起。

强子的家其实装修得并不豪华，普通的地板，普通的瓷砖，普通的家电，但是在媳妇小凤的打点下，却显出让人耳目一新的感觉：客厅里有一只大大的鱼缸，里面来回游动着各种颜色的金鱼；卧室里悬挂着一盆小吊兰，绿绿的叶子，让人眼前一亮；带有水果图案的墙砖，让厨房一下子生动起来……

而说到小凤做的饭，其实也并没有多么高超的厨艺，只不过是一些家常小菜，但是给人的感觉却不一般。

装着炒肉片的盘子周边摆上了一圈绿色的小黄瓜；辣子鸡丁旁边放上了几朵嫩嫩的黄瓜花……在所有人眼里，这些不是菜，简直是一件件艺术品，都连声称赞。

大家连忙问小凤是不是最近在搞艺术。小凤笑着说："我在商场做出纳，平时工作特别忙，哪有时候搞什么艺术。之所以这样做，算是小时候玩扮家家时心理的一种回归吧，不过倒也能让大家放松。"

接着小凤感慨地说："现在的小孩都不玩过家家了！因为，从幼儿园开始，他们的时间就被学钢琴、学芭蕾舞占据了。回家后，还有一大堆功课。他们的时间全部被大人安排得满满的。他们过得很累，很不开心。而我们小时候，却过得很自由，很快乐，常常摘下篱笆旁的小花放在树叶上，把它当做饭。想起当时一副小妈妈的模样，那种可爱、快乐的感觉，至今仍令人难忘。"

说完，小凤又从厨房端上来一盘清新爽口的凉菜，盘子周边摆着一圈用青萝卜刻成的小花，令人垂涎三尺。

兄弟几个都用羡慕的眼光看着强子，说他找到了一个很懂生活的媳妇，虽然她没有什么特殊的才能，也没有什么高深的学问，但是她懂得替自己的人生增添一些色彩。

她最经常说的一句话就是："生活可以简陋，但却不可以粗糙。"为什么大家都忘了最简单的享受人生的方法呢？

女孩励志课堂

的确是，生活可以简陋，但却不可以粗糙。每个人都可以是生活的主人，也可能沦为生活的奴隶，关键是要看你对生活是怎样的态度。生活需要经营，应该学着从生活中的点点滴滴去品味、去咀嚼。虽然生活给予我们每个人的境遇不尽相同，但是无论何种环境，都可以点化出充满精致格调的生活。重要的是，你是否有一颗精致细腻的心。

美丽成长智慧库

女孩怎样丰富单调的学习生活？

首先，要在接受中学会改变生活。在现今这个充满激烈竞争的社会中，我们不得不被书山题海紧紧包围。但是，你要善于发现生活中的闪光之处。例如，学习的时候，不要成为学习的机器，要把学习变成一种乐趣。学习之中，休息一下，听听音乐或到外面呼吸一下新鲜空气，调节一下自己，会更有益于学习效率的提高。

其次，要有自己的朋友圈子。学习也好，生活也罢，遇到困难和问题都是在所难免的。如果有几个知心朋友就可以和他们分享你的苦与乐，无疑对单调的学习生活是一种宽慰。只是一味地沉浸在自闭的世界里，不仅成绩得不到提高，还会给人格的健康发展带来危害。

最后，要有自己的爱好。有自己的兴趣和爱好是丰富生活的最有效的方式。但是，兴趣不要太多，找到一个适合自己的就好了。这样，在面对单调的学习生活时可以宣泄自己。

4. 玩具王国的"公主"

文文出生在一个贫穷的家庭。在她出生不久就被父母带到大城市寻找生路。异乡的生活并不容易。刚开始，父亲靠找零工，当卡车司机，甚至做清洁工作来勉强养家糊口，就这样奋斗了几年才找到一份固定工作。但是，他做梦也不会想到全家人的好运是小女儿文文带来的。

在文文刚满6岁的时候，就对各种玩具表现出了极大的兴趣。但因为家里穷，买不起玩具，只能用父亲买来的橡皮泥捏成各种各样的小动物。但只要橡皮泥在她手中，每天就都有新玩具诞生。凡是她看到过的，都可以用自己的方式把它捏成喜欢的玩具。她对玩具的悟性超常得令人惊叹。

圣诞节到了，父亲决定送她一件礼物，于是带着她来到玩具城，让她挑选一件自己最喜欢的玩具。但文文看了半天，竟然一件也没有挑中。文文的这种奇怪的表现，恰好被玩具店的老板看到了。

玩具店老板很惊奇地问文文："可爱的孩子，你不喜欢我们的玩具吗？"

"是的。"文文很直截了当地回答。

"这已经是今年的最新款了，那你喜欢什么样的玩具？"玩具店老板越发好奇。

于是，文文指着那些动物玩具开始数落："这种姿势不好，那种颜色不对，这种看着太笨，那种做得不像……"

玩具店老板听后觉得小女孩的批评不无道理。他被这个出语不凡的小女孩深深地吸引了，于是便把她领到后面的办公室，拿出她刚刚指过的玩具一一摆在桌子上，问她应该将这些玩具改变成什么样子。

文文胸有成竹地叫人找来橡皮泥，按照自己的想象一样一样地捏起来……结果让玩具店老板大为折服，并立即协商与她签订一项长期合同，破例聘请她为玩具公司的顾问。

后来，玩具公司为了充分发挥文文的天赋和智慧，每当世界各地有大型玩具展会的时候都要带上她，让她大开眼界，丰富知识，以便对各种玩具都能准确而切中要害的提出自己的意见和见解。

当时很多人对玩具店老板聘用文文的行为很不理解，认为这样会砸了自己的牌子，但是玩具店老板却不这样认为。他解释说："一个人具备的天赋和超凡的悟性不在于她年老或年少，而是在于她对事物提出的见解。我们所有玩具的一个通病就是失去了对童心的直接反应能力，目光陈旧，缺乏激情。"

说玩具店老板是一个慧眼识人才的成功商人，因为文文鉴别的玩具给公司带来了丰厚的利润。他也非常重视人才。公司为文文租了三间有电脑、传真机等现代化通讯设备的办公室，两位女秘书和两位保姆鞍前马后为她服务。因为年龄还小，文文需要一边到学校学习，一

边在公司工作，所以她的工作时间每周不超过20个小时。

女孩励志课堂

每个人都有自身的潜力，关键要看能不能执着地将他们开发出来。而对自身潜能的开发除了坚持和努力外，还要有很强的悟性。悟性越好的人创造性越强，悟性越好的人理解能力越强。由此可知，悟性就是我们每个人的深层智慧。只要能发现它、珍惜它、运用它，就会使我们的人生绽放光华。

美丽成长智慧库

如何挖掘自身的潜力？

如果发现了自己的潜能就等于打开了你人生的另一扇窗，但这并不是一件容易的事情。首先，要创造展现潜能的机会。在家中的一个房间，或是一个角落，放上各种乐器、画板、彩笔、纸张等，你可以自然地去尝试。慢慢地，你的兴趣模式和特长就会逐渐显现出来。

其次，要学会欣赏。可以经常在父母的带领下观看电影、舞台剧、欣赏音乐会，或是参观画展、博物馆、科技馆等。这样，通过对艺术品的感受、想象、体验、理解和鉴别等一系列视觉思维活动，可以达到开阔视野、扩大认知领域，提高艺术素养和审美能力的效果。

最后，要学会享受学习。学习是一件很枯燥的事，所以要学会找到其中的乐趣。例如：在家中把自己的作品展现在最显眼的地方。从具体的艺术品到积分卡上的评分，对于自身都会起到一种鼓励的作用。而且要勇于对父母给安排的补习班大声说"不"，特别是对不喜欢的项目。因为这样不仅不会对学习有所帮助，还会遏制自身潜能的正常发挥。

5.形象与品位的力量

一位没有显赫的出身，也没有接受过多少教育的富人说起自己的起家史，还要从推销护肤品开始。

她说，最初的创业是艰难的，因为在经验等各方面还很不成熟。当时为了使自己的产品能够多销售一些，她常常走街串巷，但是效果也并不是很好。难道是产品的档次不够？于是她决定将产品定位于高档次上。可是推销的结果仍然不是很乐观。到底是哪里出现了问题？她反复问了自己很多次，但是仍然没有找到问题的所在。后来，她终于忍不住问一个拒绝购买产品的客户："请问，您为什么拒绝购买我的产品呢？是我的推销技巧有什么问题吗？"

那位客户很坦然地说："不是技巧有问题，其实你失败在你的形象上，是你的形象和气质不够好，你给人的第一感觉就是一个低档次的人，又怎么能让顾客相信你的产品是高档次的呢？"这位客户的话明显带有轻视甚至污辱的成分，但是这位推销员却异常兴奋，她很高兴自己终于找到了问题的关键：要想产品高档次，首先要提高人的档

次，也就是提高自己的档次。她想，换成自己也会是这样，推销人员本身的档次不高，自然就会怀疑产品的质量和品位。

于是，她下定决心对自己的形象进行精心改造、包装。在穿着打扮、言谈举止上，她模仿富贵名门和上层贵妇。此外，她还很注重培养自己的气质，增强自信心，让整个人看上去魅力四射。慢慢地，越来越多的人愿意购买她推销的产品。从此便一发而不可收。

女孩励志课堂

形象是一个人仪表、气质、性格、内心世界的综合反映，是一个人的活名片。虽然人们常说，内心的美才是真正的美，但是如果和邋遢的外表相配似乎会很不协调。所以，只有内外兼修的女孩才会拥有真正的美。此外，形象就像一个人的一扇窗户，如果窗户脏得看不出去，是没有人愿意进一步去推开它的。

美丽成长智慧库

女孩如何才能拥有一个好形象？

拥有一个好形象有时候会为自己加分不少。这里的好形象并不仅仅是指容貌的美丽，更主要的是魅力、气质等方面。那么，女孩如何才能拥有一个好形象呢？

首先就是要学好科学文化知识，多读书，多积累，腹有诗书气自华。

其次要知道自己的优点，也明白自己的缺点，扬长补短。

再次要多与同学朋友接触交流，培养乐观开朗的性格，给人以健康阳光的感觉。

最后要从小养成讲卫生的好习惯。穿着不一定要多高档，但一定要干净整洁。

6. 一个老管家特别的爱

小时候，小芳就经常听母亲给她讲外婆家的那个老管家的故事。如今小芳也都30岁了，自己都当了妈妈，可是母亲还是经常提起那位老管家。

小芳的母亲出生在上海的一个大家族里。早在她出生之前，那位管家已经在这个大家族里工作十多年了，大家都管她叫"英嫂"。小芳的母亲出生时，英嫂已经是一个40岁左右的妇人了。英嫂总是衣着很整洁，眼睛很有神，头发被整齐地梳成一个发髻盘在脑后。

英嫂平时很严肃，可是在跟家里的孩子们在一起的时候她总是面带微笑，或许是因为看到他们她就到想到自己老家的那几个孩子吧。她经常对小芳的母亲和她的几个哥哥们说，别看自己现在已经不好看了，可年轻时也是个漂亮姑娘。有时候她还会开玩笑地说，自己都是因为照顾他们这些孩子才变得"又瘦又丑"的。

英嫂很讨厌别人吸烟和饮酒，尤其讨厌小芳的几个舅舅们和他们的那些男同学。舅舅们在上高中时，星期天时总会带几个同学到家

里来玩。如果赶上小芳的外公外婆不在家，英嫂就会把所有屋子里的玻璃杯、烟灰缸和啤酒一股脑儿收拾起来，藏到某个十分隐秘的地方去。可是每一次，面对小芳舅舅们的软磨硬泡，她最终都会败下阵来，把那些藏起来的东西再拿出来。

英嫂的卧房里最为隐秘的一角摆着她的一只大箱子。这个箱子就像她的宝贝一样，上了两道锁。包括小芳的外婆在内，家里的任何人都不曾目睹过箱内东西的真面目。英嫂每年都坚决表示，要打点一切行李回到乡下去。从小芳的母亲4岁时起，一直到小芳母亲已经过了26岁的生日，每年都听到英嫂说要回去，但是她却一直没有付诸行动。这一年，小芳的母亲要出嫁了，英嫂说4月份她非走不可，还列出了许多理由，例如：她感觉自己越来越老了，她觉得乡下的东西要比城里的新鲜多了等。但是到了4月份，英嫂把自己说的话又忘了。

"我决定7月份走，"事后她继续说，"4月份太冷啦！"

真的到了7月份，又说7月份太热，又要到8月份走，她说8月份车也不会很挤。

到了8月份，节日一个紧接一个地来临。这样，她认为至少得拖到新年之后再动身。

到了新的一年，又会如此循环，周而复始她那延期动身的宣言。

有一次，英嫂和小芳的外婆因为一件事情发生了争执。这次，她真的决定要回乡下去了，还特意跑去长途汽车站买了一张三天后的车票。

当然，最后她并没有走。不过，几个月之后，她的身体越来越差，于是她下定决心，这一次真的要回去了。

那年秋天，她终于启程回乡下了。很不幸的是，回到家乡，她很快就患了病，不久就去世了。

小芳的外婆家听到这个噩耗时都惊呆了，大家都不相信英嫂会死，她是不可能倒下的。

小芳的外婆在英嫂原来住的卧房里为她设了一个香案，全家人为她祈祷，祝愿她在另外一个世界过得幸福快乐。从此，英嫂的那间卧房成了家里人的"禁地"，每个人都轻易不会走进去，因为怕勾起伤心的回忆。

一个月之后，英嫂的家人从乡下捎来了口信，希望小芳的家人能帮着整理一下英嫂的遗物，然后给他们寄回去几件，好让他们有个念想。小芳的母亲走进英嫂的房间，心情忧伤地收拾她的东西。这时候，她在床下面发现了英嫂那只原来被她看得很紧的大箱子，但令她感到奇怪的是那箱子居然没有上锁。

小芳的母亲十分急切地想知道箱子里藏着什么东西，她打开了那只箱子，顿时被眼前的情景惊呆了，原来那只箱子里藏着的并不是英嫂的东西，而是留给她们一家人的纪念物：有她和小芳舅舅们在每个不同年龄时的照片，一段他很小时玩过的跳绳索……还有他们送给她的所有礼物，英嫂都用薄绵纸精心包好，用真丝带一一扎好。小芳的母亲蹲在那里，就这么一件又一件地整理着与她的生命各阶段密切相关的物品。翻到箱子底下的时候，她发现了一只很大的装有拉锁的皮夹子。皮夹上粘着一张纸条，上面只有简单的几个字：留给宝妹（小芳母亲的小名）我所有的钱财，英嫂。"

钱夹里总共装有600元钱，这是她一个铜板一个铜板地积存了四十多年的全部财产。

女孩励志课堂

虽然英嫂只是一名普通的管家，但是她却用自己特有的方式，教会了孩子们去信任人、爱人和忠实至诚。在这方面，她起到的作用要比任何书籍、任何学校都管用得多。

女孩如何学会用自己的方式生活？

用自己的方式生活才会明白，天是自己的，路也是自己的，每一个季节，都不是匆匆而过；每一次经历，也都不是没有收获。生活是一种姿态。在不经意间自然会成为一种习惯。那么女孩如何学会用自己的方式生活呢？

首先，要学会自主生活。很多女孩习惯了父母的"糖衣"生活，无论在学习上还是生活上都有很强的依赖心理，长此以往就会渐渐变得很没有主见。所以我们从小就应该养成由小事开始学着自己做主的好习惯，善意的拒绝父母的帮助，自己能做的事情自己做。

其次，要有自己的原则和信念。原则和信念是一个人处世过程中不可缺少的。也许处世的方式不同，但是一定要有一个必须坚持的点，只有这样才不会丧失个性和自我，才会健康地成长。只有坚持了自己的原则和信念，才会有动力在并不容易的人生道路上坚持走下去，也才会拥有自己独特的生活方式。

7. 做女儿"奇谈怪论"的忠实听众

苗苗在上高中的时候有了自己的崇拜对象，但是她不是一个盲目崇拜别人的人。她曾"狂妄"地对着名诗人的诗、数学家的数学公式和生物学家提出的学说都提出过不同的看法。因此，她的奇谈怪论常常让人不能理解。

在学校里，苗苗很难找到知心朋友来分享她的"奇谈怪论"。虽然老师对她的钻研精神大加称赞，却对她的"极端固执己见""对他人妄加评论"深表遗憾。

尽管如此，苗苗还是幸运的，她有一个"忠实的听众"，也是唯一的听众，那就是她的父亲。父亲总是会耐心认真地听取她的意见，对女儿不拘一格的独特想象力与创新思维，给予了最细心的呵护。

父亲每次听完女儿的新想法，都会给她一定的肯定和最大的鼓励。父亲的赞许给了苗苗极大的信心。

她试图做什么，都会用自己的新观点去做。每当对某件事有什么新想法时，第一个想到的就是父亲。因为在小苗苗看来，父亲的赞许是对她能力最大的肯定。

多年来，在父亲的鼓励下，苗苗一直保持着自己独立的见解和大胆的怀疑精神。而这对于每一个想有所创新的科学家来说，无疑是必备的基本素质。

新想法的诞生也是要付出代价的。后来，苗苗还经历了多次的"闯祸"风波，而每次都是父亲出面解决的。父亲的行为极大地鼓舞了苗苗的创新思维及勇于坚持自己看法、不随"大流"的勇气。这些都奠定了苗苗未来在进行科学研究时，敢于游离于科学界主流以外，勇敢地坚持当时绝大多数人不理解的"过时"的研究课题的基础。苗苗的"奇谈怪论"终于得到了赏识和承认，终于获得了世界级生理学和医学奖。

女孩励志课堂

当我们有了"奇谈怪论"时，往往是已经经过独立思考过程，从而产生与常人不同的想象和思考成果。当想法得不到认同，找不到倾听者的时候更需要他人的理解与支持，需要心理的"救助"。此时，父母就是我们最好的倾诉交流对象。

美丽成长智慧库

女孩怎样学会去倾听理解别人？

苗苗是一个具有"奇谈怪论"的小女孩。她最终能实现自己的梦想，成为了一名科学家，父亲的倾听功不可没。试想一下，如果当初在老师同学都不理解她的情况下，父亲也不理解不倾听她的想法，不对她后来种种的"闯祸"风波买单，那么这么大的一个小女孩，即使对事物再有自己独到的看法或见解，也会被周围的环境给打压抹杀吧。所以生活中，一个倾听理解者的角色是非常重要的存在。简简单单的一个理解倾听也许就会帮了大忙。女孩要做到这一点，首先要从自己做起，要对自己有信心。只有对自己有信心，别人才会觉得你是可靠的、可信任的，也才会想要对你诉说。其次，要学会有耐心，能够认真仔细地倾听他人的想法。不管我们对他人的这种想法赞不赞同，最先要做的就是理解，多为他人着想。最后，在倾听了别人的想法后我们可以适当地谈一谈自己的看法或者建议。这样会给倾诉者一种很大的力量。

第二篇

美丽成长——阳光心态的女孩最快乐

在我们的成长过程中，爱是必不可少的情感。每个人都是社会群体中的一员，每个人的生存都与其他人紧密相连，不可能脱离人群独自生活。所以我们追求的美丽也是建立在别人对我们认可的基础上的。我们的美丽是为别人绽放的，孤芳自赏的美丽又有何意义呢？

第3章

轻舞飞扬——快乐是女孩的青春密码

1. 一幅名叫《生活》的画

小米高中毕业后没能考上理想中的大学，感觉到自己的前途渺茫，自己想要读硕士、读博士的梦想也破灭了。没有目标的生活让她找不到人生的方向，开始对生活产生厌倦，并打算以投河的方式结束自己的生命。

一天，小米到河边，看到一位画家正在专心致志地写生。小米当时的情绪很糟糕，已经决定要结束自己的生命，所以看着画家那专注的模样不禁有些讨厌，心想"真是幼稚，生活有那么好吗？"那像恶魔一样狰狞的高山有什么好画的？那像暗夜一样沉寂的河流又有什么值得欣赏的！

画家似乎注意到了小米的存在和她低落的情绪，但是并没有理会，依然专心致志地作画。小米站在旁边依然陷在自己的厌世情绪中。过了许久，画家终于画完这幅画作。他转身对她说："姑娘，来看看这幅画吧。"

画家的话打断了小米纷乱的思绪，她心想："能在临死前跟别人说几句话也是好的。"于是便大步走了过去。当她刚一看到那幅画，目光就立即被深深吸引住了，甚至在一瞬间，她就把自杀的念头抛到了九霄云外。她心里想，原来世上还有这么美丽的画面，这位画家真的很了不起，能将"暗夜一样"的河面画成天上的宫殿，将"恶魔一样狰狞"的高山画成长着翅膀的美丽少女。

画家看了看小米，然后很诚恳地说："现在这幅画还没有名字，你就给它起个名字吧？"

小米很兴奋地说："真的可以吗？"画家微笑着点了点头。

"那么，可以将这幅画命名为《生活》吗？"小米大声说道。

画家沉思片刻，点头表示赞同。突然，画家又挥笔在这幅美丽的画作上点了一些散乱的黑点，形状既像污泥又像蚊蝇，画家似乎在暗示小米再美好的生活中也存在不如意的地方。但是小米看到这些之后却很惊喜地说："这是星辰和花瓣吧！"

画家对小米的回答很满意地笑了，说："是啊，美好的生活是需要我们自己去用心发现的！"

女孩励志课堂

萧伯纳说过："牙齿痛的人，想世界上有一种人最快乐，那就是牙齿不痛的人。"所以生活是美好的还是丑恶的，关键在于我们的心态。其实，生活中到处充满快乐。拥有快乐也很简单，只是有时我们常常忽略它的存在。快乐不需要理由。我们不能够改变天气，但是能够改变自己的心情。有时，我们不需要拘泥于别人的话语。让自己变得快乐是善待自己最好的方式。

女孩怎样学会自我调节心情，让自己快乐起来呢？

心情的好坏直接影响着一个人的生活质量。因为快乐会使坏心情得到宣泄，会使烦恼灰飞烟灭。快乐是一个神奇的东西，只要你能细心地去寻找，就会在平凡的生活中挖掘出更多的快乐。那么，女孩怎样成为"快乐的小天使"呢？

首先，要正确地评价自己。能够对自己做出正确判断的人是聪明的人，这也是寻找快乐生活的基础。因为只有能够正确认识自己、评价自己的人才能对自己的所作所为量力而行，对自己有个合理的预期和评价，即使遇到困难和挫折也不会很轻易地被打倒。

其次，要善于与人沟通。与人沟通是宣泄内心情绪很有效的方式之一。多与人交流沟通，及时倾诉自己感受到的无助和不快，可以获取心理支持，使自己增强自信心。如果遇到不愉快的事情还是一个人默默承受，会很容易产生自卑的情绪，钻牛角尖。所以，在生活中，女孩也一定要记住这一点，给生活增加很多亮色，让自己重拾信心。

2. 你就是生活的主人公

高医生是一家医院的一名骨外科医生，他参加工作已经二十多年，给无数的病人看过病，但其中给他留下最深刻印象的是一年前的一位病人，一个读初中的小女孩。

小女孩很不幸地患上了骨癌，不过幸好在癌细胞还没扩散时就被及时发现了。住进医院后，高医生为她做了手术，手术做得很成功，癌细胞都被清除干净了，只要在医院再观察一段时间，她就可以出院了。

可是，让高医生感到困惑的是，明明手术做得很成功，但小女孩的病却一直不见好转。为此，他心里很焦急。有一天，高医生在查病房时发现，这个女孩正在阅读一份报纸上的连载小说，而且情绪似乎有些不太稳定。高医生感到很好奇，于是就开始留心观察她。

在接下来的几天里，这个女孩的情绪依然是时好时坏，而且病情还略有加重。高医生当然不想看到自己的病人就这样消沉下去。他思来想去，找来小女孩看的那份报纸，认真地读了起来。

原来报纸连载的那篇小说描写的是一位身患重病的少女的故事，小说中的女主人公恰好与现实中的这位女孩患有相同的病，在当时的医疗条件下，这种病属于不治之症。高医生立即意识到这对这个小女孩意味着什么。

果然不出所料，小女孩的病情随着女主人公的病情的加重而逐渐加重。于是，高医生通过报社找到了小说的作者，很详细地询问了小说情节的发展以及女主人公的命运与归宿。

作家并不知道高医生的用意，于是告诉他根据写作计划小说的女主人公最后将死于疾病，而且会死得很惨。于是，高医生说出了自己的来意，并请求作家改变初衷："她还年轻，这件事关系到她的生命，希望您能改变一下初衷。"接着，高医生又谈了自己的设想。最后，那位作家终于被高医生的敬业精神所感动，接受了他的建议。

故事的主人公经过顽强地与病魔抗争，最终很勇敢乐观地活了下来。而生活中的这个小女孩竟然也奇迹般地战胜了病魔，康复出院了。

女孩励志课堂

一个人的精神可以战胜病痛的折磨。就像奇迹般生存下来的小女孩一样。她就是靠着强大的精神动力创造了生命的奇迹。可见，心理暗示对身体健康有着不可忽视的影响。积极的暗示可以使人的生理和心理保持在最佳状态，并能显著提高人的社会适应能力；消极的暗示，则会危害人的身心健康。要想让自己快乐起来，愉悦的心情不可少，积极的暗示不可缺。

美丽成长智慧库

女孩怎样成为生活的强者？

五光十色、瞬息万变的现代社会，呼唤强者。因为一个强者决不会轻易地抱怨指责生活。环境顺利时不狂不躁，遭遇逆境时不慌不乱，经得起岁月的磨洗，抵得住名利的诱惑。那么既然"强者"精神如此重要，女孩应该怎样使自己成为生活的强者呢？

首先，要具有强者心态。所谓强者心态，是一种面对困难时的坚强，一种面对困境时的临危不乱，更是一种不达目的誓不罢休的坚韧。所以，当你在学习和生活中遇到困难时，千万不要被苦难吓到，还没有跟困难过招就望而却步了。这样从心理上就注定了失败。

其次，要学会独立生存。独立是成长和成熟的标志。你只有在实践中具备独立处理一切突发事件的能力，在困难面前才会多出几分胜券的把握。

最后，要有竞争的意识。有竞争才有生存，才会发展。要抓紧时间，广泛学习，增强实力，以竞争的心态时刻准备着接受各种挑战，成为生活的强者。

3. 微笑是成功的资本

一家航空公司准备招收一批地勤人员，当地许多年轻女孩得知这个消息之后都开始踊跃报名。小敏大学刚毕业，原来有一个梦想就是能够做一名空姐，可是她知道自己的外在条件不够。她想，既然做不了空姐，做一名航空公司的地勤人员也是好的。于是，她也加入了报名的行列。

一轮又一轮的笔试、面试过去了，最终有100名女孩进入了最后的面试。这100名女孩被分成10组，每组10个人，最终每一组会评选出一个人。这个人将能够得到这份工作。

最终，小敏成为她所在的那一组的幸运儿，面试过关，她得到了这份地勤的工作。其实，在众多的竞争者中，小敏并不是学历最高的，也不是长得最漂亮的，而且她也没有任何的关系背景。那么，她最终是怎样打动了招聘方的呢？招聘方给出的答案是因为她脸上总带着微笑。

其实小敏对自己是否能胜出也是没有什么把握。她在事后跟朋友们讲起面试的经历时，总是感触颇多。她说在面试的时候，招聘方讲

话时总是故意把身体转过去背对着她，当时她很不理解这种行为的意义。后来才明白，原来这不是招聘方不懂礼貌，而是在体会和感觉小敏的微笑。因为这份工作是通过电话完成的，是有关预约、取消、更换或确定飞机班次等方面的事情。

招聘方结束了对小敏的面试后，立即告诉她说："小姐，你被录取了，你最大的资本是你脸上的微笑，你要在将来的工作中充分运用它，让每一位顾客都能从电话中体会出你的微笑。"

女孩励志课堂

人的成功与失败不要忽略小细节的力量，有的时候一个动作、一句话、一个眼神、一句赞美、一个美丽的微笑都会使你成功。因为这些往往传达着一种关爱，一种鼓励，一种赞许，一种祝福，一种安慰。小敏面试成功靠的是微笑的力量。她先用微笑把自己推销了出去，可见微笑无疑是人生成功的法宝。

美丽成长智慧库

女孩怎样使自己成为"笑容女王"？

微笑是一个人发自内心的真实情感的流露，是一种积极向上的人生观的外在体现。这是成功者的必要素质。它不花费什么，但却创造了许多奇迹。那么，女孩要怎样成为"笑容女王"呢？

首先，女孩一定要自信地生活。微笑是一个人自信的体现。所以，女孩如果选择了要自信地面对生活，就要在日常生活和学习中时时处处流露出自信和真诚的微笑。因为微笑会给你带来机遇，带来好的人际关系，机会增多，成功的几率自然也会增大。

其次，要有一颗真诚待人的心。笑有很多种，但是只有发自内心的笑才最灿烂，最美丽，最受欢迎。所以，女孩只有真心待人才会从心底里发出最真最诚的微笑，才是最真实情感的表达。正所谓，以诚相待，以礼相还。只有真诚待人，才会收到别人真诚的回报。这就要求女孩们在平时的生活中多帮助需要帮助的人，有一颗爱心。

4. 孤独永远是一个人的舞蹈

刘阿姨是一个很不幸的女人，50多岁的时候失去了丈夫，当时的她悲痛欲绝，更是自此便陷入一种孤独与痛苦之中。她常常哭诉："我该做些什么呢？我将住到何处？我将怎样度过一个人的孤独日子？"不管朋友怎么安慰她，都无济于事。在丈夫去世的前几年中，她一直生活在伤痛和孤独之中，更没有开始新的生活。

刘阿姨一直认为不会再有幸福的生活，因为自己不再年轻，孩子们也都长大成人，成家立业。自己孑然一身还有什么乐趣可言呢？一直抱着这种态度生活的刘阿姨得了严重的抑郁症，而且即使治疗也是疗效甚微，心情一直都没有好转。

终于有一次，她的朋友忍不住地对她说："我想，每个人都有

自己的烦恼和痛苦，你并不是特别到要引起别人的同情或怜悯。无论如何，你都应该重新建立自己的新生活，结交新朋友，培养新兴趣，千万不要沉溺在过去的回忆里。"可是刘阿姨并没有把朋友的话记在心里，依然在孤独和自怨自艾中感叹生活对自己的不公平。

后来，她觉得孩子们应该是能给她带来幸福的人，于是便搬去与一个结了婚的女儿同住。但是同住的结果并不尽如人意。由于她古怪孤僻的性格，使她和女儿都面临着一种痛苦的经历，甚至恶化到母女反目成仇的地步。后来，刘阿姨又搬去与儿子同住，结果同样也好不到哪去。最后，她只好回到原来的房子，这时候她更加孤独了。

她又对朋友哭诉："所有的家人都弃我而去，没有人要我这个老妈妈了。"在刘阿姨看来，所有人都在孤立她。

刘阿姨的遭遇实在是既可怜，又可悲，她没有享受到人生的快乐。虽然已过半百了，但情绪还是像小孩一样没有成熟。最后，她变得越来越难与人沟通，整天把自己置身于孤独的控制之下，陷入无边的伤感之中，最后在伤感中患上了重病，不久便病死了。

女孩励志课堂

孤独是一种常见但很不健康的心理状态，是既不爱人也不被人爱的一种失重状态，是处于不关心他人也不被他人关心的人生夹壁。大多有孤独感的人，并不是自己情愿离群索居、孤身独守的，而是精神受到长时间的压抑所导致的心理失衡状态。所以，长期处于孤独状态的人千万不要像刘阿姨那样最终死在孤独中，而是要从自身出发，积极就医，使自己走出孤独的误区。

如何做个快乐的女孩?

孤独就像是一个人的舞蹈,是人格的一种缺陷,千万不要让这种不健康的心态影响到你的健康成长。所以,应该从小就自主地培养自己快乐健康的生活态度,具体如下:

要有一颗平常心。很多人产生孤独的生活状态是由于现实与理想的落差太大,现实的空间很小,很难实现自己的目标所导致。所以,在生活中要有面对现实的勇气,在自尊自爱的前提下,正视自己和现实,在现实中找到自己的位置,脚踏实地地做人做事。

要学会辩证地看问题。不要只是偏执地看到消极的一面,而是要积极地发现事物美好积极的一面。生活中并不缺少美好,而只是缺少发现美好的慧眼。所以,要做一个有美丽慧眼的女孩。

要用幽默化解不愉快因素。幽默是人生的调味剂。没有幽默,生活就会失去很多味道。幽默能使身心放松,还能有效地化解危机。所以,女孩们遇到挫伤时,可以用幽默化解,最终以豁达的姿态笑看人生。

5. 有价值的10分

琦琦是一个很不幸的女孩,在很小的时候就患了大脑性麻痹症,身上的大部分肌肉都很难控制,脸上的肌肉也显得比较僵硬,说起话

来也存在着障碍。但是，在她的脸上总是会露着微笑。这对于一个患这种疾病的患者来说是很不寻常的，因而她那灿烂的微笑更加显示了她纯洁善良的天性。

琦琦经常拄着病残人使用的助步器，艰难地走在拥挤的学校走廊上。同学们大都不会去主动和她说话，因为她看起来和别人不一样，或许是同学们不敢去接近她，或许是不愿意去接近她。但走在学校的走廊上，琦琦并不会放任气氛沉默下去，她通常会主动打破沉默，大声而愉快地与同学招呼一声："嗨，你好！"

有一天，语文老师布置的作业是背诵一首叫做《不要放弃》的三节诗。这原本是一件很简单的作业，可是让语文老师没想到的是，第二天他在课堂上提问的时候，连着点了三个同学的名字，竟然没有一个人能背得下来。

语文老师的脸越来越黑，接着他又点了几个学生的名字，还是没有一个人能背得出来。语文老师彻底被激怒了，说："难道我说的话你们都不当回事儿吗？下面我要从这摞练习本中随便抽出一本，上面写着谁的名字谁就要背诵，如果背不下来就要到讲台前面做10个俯卧撑！"说着，语文老师便从讲台上的那摞练习本中抽出一本，然后大声念道："沈琦琦！"

刚念完这个名字，语文老师自己也被吓了一跳。他真有些后悔自己刚才说的那句话：如果琦琦真的背不出来，难道真的要让她……老师不敢往下想了。可是覆水难收，老师言传身教的行为一定要执行。

琦琦在同学们诧异的眼光中拄着助步器费力地走到讲台上，一字一字地开始费力地背诵起来，但是当她背到第一个小节的末尾时出现了一个小错误。正当语文老师想要为她找个借口免于受罚时，没想到，她竟然把助步器放到一边，开始趴在地上做起了俯卧撑。

在场的所有人都被眼前的一幕震惊了。语文老师更是感到惊骇，于是急忙上前去劝阻说："琦琦，我只是说着玩儿的！"但是，琦琦还是坚持做完了俯卧撑，然后她拿起助步器，走回了自己的座位。

当琦琦回到座位之后，语文老师有些尴尬地说："你为什么要这么做呢，其实你可以不这么做的。"

琦琦站起来很认真地说："因为我想和你们一样——做一个正常的人！"

琦琦的回答让整个教室突然变得鸦雀无声，继而爆发出了热烈的掌声。从那以后，同学们对琦琦的态度有了很大的变化，开始喜爱她、尊重她。对琦琦来说，她用10个俯卧撑赢得了她一生的命运。

女孩励志课堂

每个人都是生活的主人，想要选择什么样的生活其实主动权就掌握在自己的手中。琦琦由于身体上的缺陷被看做是"另类"，但是她通过行动掌握了自己的命运，成为了生活的主人。她那灿烂的微笑永远都是她不服输的标志。所以，在遇到困难的时候，要选择坚持，迎难而上，要敢于挑战自我。只有这样，才能把困难踩在脚下，才能最终站在人生的巅峰。

美丽成长智慧库

女孩怎样丢掉世俗的观念？

琦琦是一个身体有缺陷的女孩，在别人的眼里她是一个谁都不愿意接近的"怪物"。但是她是一个很坚强的女孩，每次都会用微笑来面对这些世俗的眼光，因为像正常人一样的生活是她的梦想。为了这个梦想，她能坦然地面

对生活，使自己生活在快乐之中。

其实在生活中，每个人都或多或少的会有这样那样的缺憾或短处，但外在美并不是一个人的全部，一个人的思想、品德和情操才是她真正的美的体现。

不可否认，爱美是每一个女孩的天性。每一个女孩都希望自己长得漂亮。但是这种事是我们无法决定的，这些来自父母的遗传，还有一些后天的因素，都是不可以随意改变的，所以好女孩要理智地看待自己的外表。要从思想上明白美丽的容颜会随着时间的流逝而渐渐消退，唯一能够永恒的是一个人的内在美，是一个人必备的智慧。只有具备智慧的头脑，才会具有指导人生事物的能力，也才会拥有美好的人生。

6. 一件小事可以影响他人一生

一次，小曼换班的时候在外面扫地，偶然间看到一名老妇坐在角落里。她身穿旧式印花洋装，一件褪了色的黄毛衣，一双褴褛的黑鞋。记得那一晚奇冷无比，小曼上下打量这位老妇人，发现她竟然没有穿袜子。

于是他不禁上前问道："这么冷的天怎么没有穿袜子？"

老妇人的回答让他很吃惊，她说："我没有袜子。"

她低头看着这位瘦弱的老妇，能看得出这个老妇需要的东西很多，不过当时我能给她的就只有一双温暖的袜子。于是小曼很自然的脱下运动鞋，拉下白色的新袜子，就在老妇人蜷缩的地方把袜子穿在了她的脚上。小曼想，这只不过是举手之劳而已，但是没想到老妇人的话语叫小曼终生难忘。她用充满爱意的眼神抬头看着小曼，仿佛祖母看着自己的孙女。然后用很微弱的声音说："谢谢你。十分感谢你。如果有什么是我最爱的，那就是晚上睡觉时能有双暖和的脚。因为这种感觉我已经很久没有感受到过了。"那晚小曼开车回家，内心洋溢着无比的喜悦。

隔天晚上小曼在那间供应站轮班时，有两名警察走了进来，向小曼打探一个女人的消息，说因为她的邻居发现她死了，并且把那个女人的照片给她看。小曼万万没想到这个女人就是接受了她的袜子的那个人。

小曼很难过地问："发生了什么事？"

警察告诉他，她是个老寡妇，没有家人也没什么朋友。一个人住在一间没有暖气的简陋房子里。一天，一位邻居偶然去看她，结果发现她已经死了。警察抬起头来继续说："你知道吗，验尸官处理尸体的时候，我也在场。但是很奇怪的是，她走的时候一脸祥和，表情既满足、安详又很平静。"

于是，小曼想起了她把袜子穿在她脚上时她所说的话："如果有什么是我最爱的，那就是晚上睡觉时能有双暖和的脚。"

女孩励志课堂

罗曼·罗兰说过："所谓内心的快乐，是一个人过着健全的正常的和谐的生活所感到的快乐。"快乐对于每个人的含义都是不一样的，对于一个贫穷的老妇人来说，有一双温暖的袜子就能够心满意足，甚至死而无憾。快乐是没有贫富贵贱之分的，只在我们每个人的感觉中。懂得替别人考虑会让我们赢得快乐和幸福的感觉。

女孩怎样才能具有乐于助人的好品质？

乐于助人是快乐之本，是一种美德，是现代社会不可缺少的品质之一，是人格升华的一个标志。那么女孩怎样使自己练就乐于助人的好品质呢？

首先，要从身边的小事做起。乐于助人并不一定要有什么惊天动地的壮举，也并不需要什么精心的准备，只要从身边的小事做起就会有很大的收获。例如，班级的同学遇到困难了，力所能及地帮上一把；走在路上，看到骑车的老人上坡的时候很吃力，上前推一把……你的举手之劳对别人来说也许就会是一个莫大的帮助，甚至可能会影响一生。

其次，要懂得尊重别人。尊重别人要不分年龄、身份、地位等的差别，用一颗平常心去善待身边的每一个人，每一件事。生活中常会有这样的现象：每当女孩走到衣衫褴褛的乞丐面前都会敬而远之，甚至还会报以粗口。这样做是很不道德的。每个人都是平等的，都需要爱和尊重。这也是助人为乐最基本的要求。如果连这个最基本的都做不到，就不会具备助人为乐的良好品质。

7. 心中有爱的女孩最快乐

翠香是一个很漂亮，很懂事的女孩。她的家位于大山脚下的一个小村庄，由于家里很穷，所以每到放学和周末的时候她都会去对面山上的树林里去帮生病的妈妈捡木柴。

有一天，翠香又准备去捡木柴，因为对面山上的那片树林她已经去过好多次了，而且平时在那里捡木柴的人也很多，估计已经没有多少木柴可捡了。于是，翠香决定到家后面那座山上的树林去看看，那里她还从没有去过。

那天的天气非常好，太阳暖洋洋的，翠香的心情也像那天的天气一样的好。由于平时来这里捡木柴的人不多，所以不一会儿翠香就捡了许多木柴。后来她感到口渴难耐，就找了一个阴凉的地方休息，顺便吃些东西，因为她要到下午的时候才能回去。

在不远的小溪旁边有一棵大树，那是一个很不错的休息的地方，当翠香迈着沉重的步伐到达那里的时候，发现那里长着一些熟透了的野草莓。

看到草莓的翠香感觉很欣喜："正愁着这些干巴巴的馒头怎么吃下去呢！把草莓夹在面包里的味道一定好极了！"于是她把帽子放在草地上垫好，并小心翼翼地把那些熟透了的野草莓一个个地放了里面。

翠香边放草莓边想："要是妈妈能和我一起分享这美味的草莓该有多好呀！可是可怜的妈妈却只能在阴暗的屋子里承受病魔的折磨。"想到这里，翠香把放到嘴边的草莓放了下来。

"还是把草莓留给妈妈吧！她现在正病着呢，胃口很不好，吃了这些草莓，一定可以开开胃的！"她想道。

但是那些草莓实在是太诱人了。翠香毕竟只是一个十岁的孩子，"我干了一天活了，就吃一点吧！"于是她把草莓分成了两堆。不过每一堆看起来都很少，她便又把它们放到了一起。

"只尝一个！"她心想。无意中，她把最好的一颗拿了起来，当她快要把草莓送到嘴里的时候，才发现自己拿的是最好的一颗，于是又迅速地把草莓放下了，心想："我要把最好的留给妈妈，不，我要把全部的草莓都留给妈妈。"

就这样，到最后，翠香一颗草莓也没舍得吃，就又去捡木柴了。

黄昏的时候翠香回到了家，当她放下木柴时，就听到了妈妈说：

"翠香，你帮妈妈倒杯水吧！我有些口渴。"翠香高兴地把草莓端到妈妈面前。

"这是你专门留给妈妈的吗？"妈妈问。

"是的。"翠香回答。

"妈妈真高兴。"妈妈眼里闪动着泪光。

翠香心想："原来奉献是一种如此快乐的感觉！"

女孩励志课堂

翠香是一个很孝顺的女孩，也是一个会享受快乐、分享快乐的女孩。生活中，如果能把快乐拿出来和别人一起分享，快乐就会加倍。因为快乐的法则绝不是越给越少。其实，幸福和快乐的获得有时并不需要太多外在条件的缀衬。它们来自一颗健康而愉悦的心灵。只要突破自我的藩篱，幸福的感觉就会如泉水般涌出，就会使我们沉浸在自己和他人的快乐之中。

美丽成长智慧库

女孩怎样成为妈妈贴心的"小棉袄"？

人们说，人世间最纯洁、最伟大、最无私的爱就是母爱。母爱犹如高山一样高，如海水一样深。这种恩情，我们是永远也报答不完的。那么女孩应该怎样成为妈妈的贴心"小棉袄"呢？

首先，要刻苦努力学习。现阶段你的首要任务就是学习，要想不让妈妈为自己操心，就要认真完成功课、取得好成绩，这样会使忙碌劳累的妈妈感到很欣慰。

其次，要爱惜自己的身体。时常生病，就会让妈妈多一份担心，在紧张劳累的工作中还要分出精力来关心你的身体。所以，为了减轻妈妈的负担一定要好好地爱惜自己的身体。

再次，要帮妈妈做些力所能及的家务事。

最后，一定要做个乖孩子。想办法让妈妈开心，让妈妈快乐，让妈妈因为有你这样的女儿而感到骄傲，平日多与妈妈交流沟通。

8. 停下来享受美丽风景

生病之前，露露简直就是一个工作狂，每天除了吃饭睡觉，其余的时间几乎都被工作占得满满的。当然，工作也给了她很好的回报——优质的生活和巨大的成就感。

可是当有一天，她的心脏病发作，整个世界都改变了。医生对她说："你需要躺在床上静养一年。"听到这个消息，露露非常难过，只不过她并不是因为自己的身体，而是因为自己再不能过原来那种生活了。

如果在床上躺一年，做一个废人，也许还会就此结束自己的人生。每每想到这些，露露心里都觉得很恐惧。渐渐地，她开始埋怨命运对自己不公平，为什么自己这么倒霉会碰到这样的事情。但是她还是遵照医生的话，暂时放下了工作，躺在家里静养。

露露的邻居名叫雅倩，是个搞艺术的单身女孩。露露生病后，雅倩常来找她聊天。有一次雅倩对露露说："你觉得要在床上躺一年是一个很大的悲剧，但事实上并不是这样的，这段时间你在思想上的成长，将会比你这大半辈子以来的成长要多得多。"露露仔细想了想雅倩说的话，觉得有一点道理，于是她平静了下来，开始想充实新的价值观念。

她开始看很多能启发人思想的书。有一天她听到广播里一个新闻评论员说："你只能谈你知道的事情。"从前，她曾不止一次听到这句话，可是都没有留下什么印象，只有这次才真正深入到她的心里。她决心只想那些她希望能赖以生活的思想——快乐而健康的思想。

此后，她每天早上一起来，就有意识的强迫自己想一些让她感激涕零的事情：她其实并没有什么痛苦，虽然有病在身，但她的眼睛还是很明亮的，能看见很美丽的世界，耳朵也很好使，听得到广播里优美的音乐，还有时间看书，能吃得很好，并且有很好的朋友。想到这些，她非常高兴。

一晃几年的时间过去了，露露的心脏病早就痊愈了，她也早就开始了工作。不过，她再也不像从前那样每天只知道工作了，而是开始享受丰富而又生动的生活。她非常感激在床上度过的那一年，那是她生命中度过的最有价值，也是最快乐的一年，因为那一年让她懂得了一个道理：只有适当地停下来，才能看见最美丽的风景。

女孩励志课堂

一个人是幸运还是不幸，往往心中习惯性的想法占有决定性的影响地位。设法培养愉快之心，并把幸福当成一种习惯，生活就会像一连串的欢宴。林肯曾经说过："境由心造。你的心里有多快活，你也就会得到多少快活。"我们快乐与否在很大程度上取决于我们的心灵所养成的习惯。所以，只要努力养成快乐的习惯，生活就会变得更精彩。

女孩怎样养成快乐生活的好习惯？

生活中遇到不开心、不顺意的事是在所难免的。这个时候一定要保持乐观向上的心态，养成快乐的生活习惯。真正的快乐，是一种发自内心的欢快、满足、平和、充实；是在面临困难时迸发出的一种无坚不摧的力量；是在磨难中寻求自我突破和成长的努力；是在顺利时，能够清醒把握方向和不断自省的心态。只要你有了这样一种态度，你就可以笑傲人生。

女孩要养成快乐的生活习惯。当你面对很枯燥的学习时，你要快乐，因为好运不久就会来到辛勤劳动者的面前；当你面对病痛时，你要快乐，因为你的乐观是最好的良药；当你被朋友同学误解时，你要快乐，因为你积极的态度会驱散所有的负面传言。

总之，女孩要养成快乐的生活习惯。因为快乐是人生最好的武器。它可以挑战一切阴暗，扫荡一切混沌，驱走一切冷漠。如果说，人生中我们一定要拥有一种财富的话，毫无疑问，那就是快乐！

9. 如花的心情价值无限

一家很大的花店以良好的口碑、可靠的信誉而出名。日前，花店缺少一位售花小姐，于是经理决定以高薪聘请一位售花小姐。招聘

广告张贴出去后，前来应聘的人如过江之鲫。经过几番面试，层层挑选，总经理看好了三个女孩，并决定让她们每人经营花店一周，看谁能最终胜出。

这三个女孩长得都如花一样美丽，其中一个曾经在花店插过花、卖过花，另一个是花艺学校的应届毕业生，而最后一个是一个待业青年。

插过花的女孩一听总经理以一周的实践成绩来决定应聘的成败不由得心中窃喜，毕竟插花、卖花对她这个有经验的人来说还是轻车熟路的。在她经营的一周时间里，每当一位顾客进来，她就会不停地介绍各类花的象征意义以及给什么样的人选什么样的花。她也的确很有经验，几乎每一个进花店的人，都能在她的介绍和劝说下买走一束花或一篮花。一周下来，她的成绩很不错。

第二个经营的是花艺学校毕业的女生，她能充分地发挥从书本上学到的知识，从插花的艺术到插花的成本，都做了精心的琢磨，细致的计算。她甚至联想到把一些断枝的花朵用牙签连接花枝夹在鲜花中，用以降低成本……她运用她的知识和聪明才智为她一周的鲜花经营也带来了不错的成绩。

第三个轮到待业女青年经营花店。对这个待业女青年来说，这个行业还是一个未知的领域，还有太多不懂得的东西，所以经营起花店显得有点放不开手脚。但是，这个待业女青年置身于花丛中的微笑简直就像是一朵花，她的心灵也如花一样美丽。一些残花她总舍不得扔掉，而是修剪修剪，免费送给路边行走的小学生。每一位从她手中买去花的人，都能得到她一句甜甜的话语"鲜花送人，余香留己"。

这句话让人听起来感觉很温暖，很亲切，既像是为自己说的，又像是为花店讲的，也像是为买花人讲的；既像一句心灵寄语，又像是花店的招牌……尽管女孩努力地珍惜着她一周的经营时间，但是结果和前两个女孩相比还是相差甚远。

终于到了总经理抉择的时候了。前两个人以为胜券在握，但是出人意料的是，总经理留下的竟然是那个待业女孩。人们不解总经理为什么放弃能为他挣钱的女孩，而偏偏选中这个外行的待业女孩呢？

总经理的回答是：用鲜花挣再多的钱也只是有限的，用如花的心情去挣钱才是无限的。关于花的知识可以慢慢学，但是如花的心情是学不来的，因为这里面包含着一个人的气质、品德以及情趣爱好和艺术修养。

女孩励志课堂

花是美丽的，是值得每个人驻足欣赏的风景，所以如果你能懂得用如花的心情去经营人生，让它在每个快乐的日子里尽情绽放，那么你就会给身边的每个人传递快乐，同时也才会感到人生的快乐所在，让人领悟到生命的纯真和美好，才会真正快乐地生活。

美丽成长智慧库

女孩怎样拥有如花般的心情？

"女人如花"。身为女孩，你本来就很美，要是再有个如花般的心情，能经常让自己乐观开朗同时能给周围的人带来快乐，你就会成为不仅外貌美还会心灵美的真正的"美女"。那么，女孩到底该怎样使自己拥有如花般的心情呢？

首先，心态要平和。对什么事都要淡然处之，尤其是面对生活中遇到的那些困难和挫折，更要以平常心去对待。进取心是一方面，但凡事都不要对自己要求过高，要

懂得知足常乐。

其次，懂得从生活中寻找快乐。快乐无处不在，关键在于你愿不愿意去寻找，愿不愿意去发现。凡事都具有两面性的，困难和挫折也不例外。我们认为它难，其实最根本原因是我们把它坏的一面放大了而忽略了它好的那方面。所以说，拥有一个怎样的心情主要还是看你怎么去看待。

最后，做任何事都要全身心的投入。像故事中的待业女青年一样，对一件事情我们如果拿出百分百的精力和热情，即使不是很懂的领域，最后往往仍会收到让我们意想不到的惊喜。

第4章

羽化成蝶——女孩蜕变的痛苦与快乐

1. 把最好的留在最后

一位农妇在自家房子后面种了一大片玉米。一分耕耘一分收获，经过几个月的辛劳，眼看就到了收获的季节。

一天夜里，玉米地里传来了一阵阵悄悄地说话声。一颗籽粒饱满、裹着几层绿色外衣的玉米说："收获那天，主人肯定先摘我，因为我是今年长得最好的玉米。"同伴们听到这话，虽然有些嫉妒，但也不得不承认这个事实，所以都随声附和地称赞着。

终于等到了收获的那一天，农妇走到那颗长得最好的玉米面前看了看，却没有摘走它。

这颗玉米自我安慰道："可能是她眼力不太好，没注意到我，明天，明天她一定会把我摘走的！"

第二天，来摘玉米的农妇心情很好，哼着欢快的歌儿收走了其他的玉米，可是仍然没有摘走那颗长得最好的玉米。

这颗玉米仍然没有灰心，还是自我安慰道："明天她一定会把我摘走的！"

第三天，第四天，农妇摘走了所有的玉米，可是唯独没有摘走它，这时它有些着急甚至开始怀疑自己，难道自己不是同伴里面最好

的吗？

从这以后的好多天，农妇都再也没有来过。孤独绝望的玉米认为自己被摘走的希望越来越渺茫了。

直到一个漆黑的雨夜，这颗玉米才绝望地想道："我总以为自己是今年最好的玉米，但是我的主人却不要我了。白天，我要经受烈日的暴晒，原来饱满又整齐的颗粒变得干瘪坚硬，身体因为承受不住，几乎要炸裂一般。夜晚，我又要和风雨作斗争。也许我只是自我感觉良好而已，而事实上并不是这样，我在主人眼里可能真的不是这样，她真的不需要我了。"

黑夜就这样在玉米的复杂心情中过去，清晨柔和的阳光照在玉米的脸上，它抬起头来，睁开眼睛的时候，首先映入眼帘的是自己的主人，她站在自己的面前，并用一种柔和的目光看着它，轻声说道："这可是今年最好的玉米，它的种子明年一定比它今年长得还要好。"

农妇的话使绝望中的玉米找到了她不摘走自己的原因：原来自己果然是最好的，因为自己将成为明年的种子。

女孩励志课堂

生活中也有很多"玉米"，明明自身条件很优越，却常常因为外在因素的刺激，陷入自艾自怜的失望里，使自己本来很美丽的光环也失去了色彩，看不到人生的曙光。这是一种悲哀！其实每个人都拥有属于自己的精彩，所以在面对别人的收获时，不必羡慕，更不应该忌妒。过多的计较，只会使人变得狭隘。相信自己的长处和优点，平衡自己的内心，比什么都重要。

女孩怎样正确地认识自我价值?

世界上没有两片完全相同的叶子,人也一样。每个人都有不同的性格爱好、不同的理想,对生活的不同经历和看法。别人的态度、言行是认识自己的镜子,善于总结自己得失的人是聪明的,能够从别人的言行中学到经验的人是快乐的,既不总结自己又不学习他人的人是愚蠢而可怕的。所以如何能够正确地认识自我价值,对你今后的成长非常重要。

首先,要学会评价自己,找准自己的位置。老子曰:"知人者智,自知者明。"你要想真正认识自我、肯定自我,就必须先对自己有一个全面、深刻地认识。不光要认清自己的内在素质,还需要了解自身的外在因素。

其次,要客观正确地评价自己,决不可妄自菲薄。不同的态度会决定你不同的人生。人无完人。我们要正确认识自身的缺点,不自卑,努力扬长避短、以长补短。

再次,要客观地评价自己的优势资源。认识自我,就是要认识自己的生理和心理两方面的特点;认识自我,必须搞清三方面:我要干什么? 我会干什么? 我能干什么? 只有认识了自我,才能挖掘自我潜能,才能发展自我、超越自我、升华自我。

2. 最动听的琴声

在一座城市的街心花园的一个小亭子里，每天傍晚的时候都会传出一阵阵的小提琴声，即使是刮风下雨的时候琴声也不会中断，那是一个漂亮的女孩在练习拉小提琴。

刚开始，女孩的琴声还有些稚嫩，偶尔还会因为拉错了几个音符而让整个曲子都跑了调，但是她却仍然在坚持着。经常在那里路过的人们也渐渐喜欢上了这个拉琴的女孩，有时候还会停下来听一会，这给了她很大的鼓励，拉得更起劲了。

渐渐地，女孩的琴拉得越来越熟练，琴声也越来越动听了，同时，停下来听她拉琴的人也越来越多，她拉琴的模样俨然成了街心花园里最美丽的一道风景。可是，突然有一天，一场意外的车祸在她的脸上留下了一道无法恢复的疤痕，她美丽的容颜永远成为了记忆。从医院回到家里以后，女孩便再也没有走出过家门，街心花园里那道最美丽的风景从此消失不见了。

很长一段时间之后，就在人们已经渐渐忘记了这个女孩的时候，突然有一天，从街心花园的小亭子里又传出来的琴声。但是，这次的琴声却很显然不是女孩拉的，因为女孩的琴声如行云流水一般非常悦耳，而这次传来的琴声却非常难听，甚至有些刺耳，很明显拉琴的人是个外行。人们随着琴声望去，发现拉琴的不是别人，正是女孩的妈妈。原来女孩在这里拉琴的时候，妈妈总是陪在她身边，一脸幸福的笑容。

如今，在这位妈妈的脸上，并没有人们想象中的悲苦与哀愁，反而写满了平静，同时似乎也充满着某种期待。原来，她是想用这种方法跟自己的女儿交流，希望女孩能够走出自卑的阴影。

一个星期过去了，女孩的妈妈始终坚持着，女孩却没有一点动静。一个月过去了，她还在坚持着，但女孩还是没有露面。终于有一天，当她在拉琴的时候，一个醉汉闯进了花园大声吼道："你拉的是什么破东西，简直难听死了，不要再拉了，我要在这里睡觉！"女孩的妈妈大声回答说："我的琴是拉给我女儿听的，如果你觉得难听，请你捂上耳朵或者离开这！"

醉汉不仅没有听她的话乖乖离开，反而被她激怒了，竟然上前来拉扯她。这时候，从人群里走出一个戴着大墨镜的女孩。她走到醉汉跟前，一把推开了他的手。然后她摘下眼镜大声说："我觉得我妈妈是世界上最好的小提琴手，她的琴声也是世界上最动听的琴声。"人们认出来，她就是原来每天在这里拉琴的漂亮女孩。但人们也都被她现在的容貌吓到了：一道深深的伤痕从她的额头划向左眼，一直到左耳的上方。

女孩像是没看见人们惊异的目光，她从妈妈手里拿过小提琴，开始从容地演奏那些以前经常拉的曲子。拉完曲子，她和妈妈拥抱在了一起，所有人都为她们热烈地鼓掌。

女孩励志课堂

当意外让我们原来美丽的容颜变得丑陋时，当苦难让我们原本幸福的变得支离破碎时，如果我们从此陷入自卑的深渊，那么人生将不会再有希望的阳光来照耀。苦难和挫折既然已经发生，那我们就勇敢地面对，让自己从自卑中解脱出来，这样才能开始人生的新篇章。

美丽成长智慧库

女孩如何走出自卑的牢笼?

自卑是一种消极的自我评价和自我意识。自卑感是个体对自己能力和品质评价偏低的一种消极情感。自卑感强的人常常会影响学习、工作和生活。那么,女孩如何使自己走出自卑的牢笼,来展现成功自信的自我呢?

第一,要正确认识自己,增强信心。每个人都有长处与短处。当知道自己在某方面有缺陷、不如人的时候,积极的态度是扬长避短,以长补短,增强自信心。因为只有相信自己,乐观向上,对前途充满信心,并积极进取,才是消除自卑,促进成功的最有效的补偿方法。

第二,多向名人学习。多读些有关名人成功的书籍,尤其是那些曾被自卑感困扰的名人的事迹,从中获得克服困难的经验,进而鼓励自己加强自信,发挥所长,集中精力,矢志不渝地达到目标。这样,自卑心理也会不驱而散。

第三,要练习当众发言。面对大庭广众讲话,需要巨大的勇气和胆量,这是培养和锻炼自信的重要途径。

第四,要学会微笑。真正的笑不但能治愈自己的不良情绪,还能化解别人的敌对情绪。如果你真诚地向每个人展颜微笑,他就会对你产生好感,这种好感足以使你充满自信。

3.黑夜时莫忘星星的闪耀

小云大学毕业一年多了，在工作上并不顺利，人际关系也很不理想，人生似乎一下子跌落到了谷底。因此，小云每天都处在烦躁的情绪中。

有一天在回家的路上，小云遇上了大学时教她心理学的女教授。教授很关心地询问她的近况，小云好像找到了救命的稻草一样，终于有了可以倾诉的对象，于是她把自己毕业后所遭遇的一切，通通地倾诉了出来。

教授耐心地听完小云的抱怨后，点了点头，很平静地说："看来你的状况似乎很不理想。不过像现在这样自暴自弃也不是办法，你现在最重要的是要想一想应该如何改变这种现状，让自己的情绪好一点。"

小云回答说："我当然想过，但是一直没有找到行之有效的办法，您有什么秘诀吗？"

教授很神秘地笑了笑："倒是有一点。如果你明天晚上有时间的话，可以来一趟学校，我们一起谈一谈，好吗？"

第二天一下班，小云就迫不及待地来到母校。教授请她吃了一顿饭，然后就约她一起在校园里散步。当时，天已经渐渐黑了，她们一边走，一边悠闲地谈着，但是教授一直没有告诉小云想知道的秘诀。后来小云有些着急了，于是便催促教授快为她指点迷津。

教授并没有直接回答，而是停住了脚步，抬头望着天上的星星，微笑着问道："小云，你能够数清天上有多少颗星星吗？"

"当然数不清了，但是这和我的心情又有什么关系呢？"小云有些疑惑。

教授看着她，语重心长地说："你知道吧，在白天，我们所能看到最远的星体就是太阳，但是在夜里，我们却可以看见超过太阳亿万倍距离以外的星体，还不止一个，而是数量多到我们数不清。"

听完教授的话，小云抬头看了看天上的星星，接着低下头来若有所思。教授继续说："如果一个人年轻时就一帆风顺，终其一生，也只不过只看到一个太阳而已。虽然你的人生现在进入了黑夜，但是你有没有想过这个时候你却可以看到更远、更多的星星呢？"

此时的小云恍然大悟，豁然开朗，感觉心里一下子敞亮了许多。

女孩励志课堂

人不可能一辈子都一帆风顺，或多或少会遇到些不如意的事。但有些时候，那些不如意的事也许并不全是坏事，它们可能会是进入成功的阶梯。特别是年轻人，凡事都应该看到好的一面，不要总是为黑夜而难过。仔细看看就会发现，黑夜也会有它的美丽，也会有它独到的风景。

美丽成长智慧库

女孩怎样珍视人生的每一道风景？

寒来暑往，四季总在周而复始地轮回着。人生也是一样，每一个阶段都有每一个阶段不同的风景。当你怀着一份好心情，一份坦然的心态去面对人生的每一个阶段时，你就会感到生活其实是充满着快乐的。人生有顺流也有逆流，有高潮也有低谷。不要总是关注美丽的风景，一些表面并不美丽的风景同样有着它独特的风采和内涵，同时这也为过于单调的风景增添了色彩。

所以，当你遇到痛苦、绝望、失败、不幸的时候，千万不要忽略身边风景的美丽之处。当你陷入人生的黑暗时不妨也抬头看看天空中那点点星光。那会让你有意想不到的收获。女孩们一定要用心地生活，努力使自己拥有一双善于捕捉美景的慧眼，不要为无关紧要的小事儿烦恼，要努力找到真正适合自己的美丽风景。

4. 人生就是一道选择题

娜娜是一个积极乐观的女孩。她认为任何事物都有正与反，好与坏两方面的选择。当有人问她的近况如何时，她都会说："我当然无比快乐。"她是一个广告策划经理，也是一个很独特的经理，独特到不管她换了几家公司，每次离职的时候都会有几个下属心甘情愿地跟着她跳槽。因为她天生就是一个鼓舞者，她会激发别人的潜能，让他们能够正确地看待人生。

一天，一个朋友追问娜娜说："一个人不可能只看到事情的光明面，这是很难办到的，但你是怎么做到的呢？"

娜娜回答说："每天早上我醒来的第一件事就是对自己说：娜娜，你今天有两种选择，你可以选择心情愉快，也可以选择心情低落。我的回答很肯定，我会选择愉快的心情。然后一天的工作中我就会命令自己要保持愉快的心情，所以即使遇到困难或者不开心的事，

我也会想尽一切办法去克服。当每次有人跑到我面前诉苦或者埋怨的时候，我还是面临着两个选择：一是接受他们的抱怨，二是指出事情的正面，当然我仍选择后者。"

朋友又问："做到那样一定很不容易吧？"娜娜淡然地一笑，回答道："其实人生就是选择，每一种处境都面临着一种选择，那么你如何选择面对自己的人生呢？当然是要选择好的一面了。"

娜娜是乐观主义的受益者，她曾被确诊为中期乳腺癌，需要尽快做手术。但是乐观的心态让她选择坦然面对病魔的考验。手术之前，她依然过着有规律的生活，每天早上六点就起床，锻炼身体，然后收拾房间，中午的时候照常喝午茶。下午三点半去医院接受治疗，在面对医生的时候，她总是面带微笑，让医生在她的身上感觉不到任何压力的存在，尽管在做检查的时候很痛苦。

直到手术麻醉前，她仍然对主治医生说："医生，你答应过我，手术做完之后，你会请我去餐厅大吃一顿。"医生笑着说："一定一定。"手术做得很顺利，两个月后的一天，朋友小茜来探望娜娜。她好像马上忘记了疼痛，忙着要送给小茜自己亲自做的插花。等她出院的时候，已经和医院的很多人都交上了朋友，特别是那些病友，因为人们都被她的放松乐观和坚强所感染。

半年之后，娜娜再提及此事时说："我的心情一直很好！您看看我的伤疤，愈合得不错吧？"

当朋友问及当时如何与病魔抗争时，娜娜依然很乐观地回答说："当时摆在我面前的只有两条路，一个是死，一个是活。我毅然地选择了活，而且是坚强快乐地活，并且我很幸运，手术做得很成功。为了好好地活下来，我已经尽全力了。"

娜娜之所以活了下来，一方面是医学的发达，另一方面则是她那惊人的乐观的生活态度。在充满选择的生活面前，她选择了积极乐观来面对一切的不如意，所以生活得很快乐。

乐观者总是保持一种恬然无忧的心境，永远微笑着面对生活，不管生活以什么样的方式来回报她，她都能张开双臂，用博大的胸怀，愉悦的心情去迎接每一次挑战，宽容地接纳人生的得与失，即使生命要扼住咽喉的时候，她也没有退缩，依然是愉快地享受着苦乐人生。

女孩励志课堂

积极向上的生活态度，对幸福生活的主动追求，决定了人们的生活质量，每个人都要做生活的强者，要用平和的心态生活，因为只有这样，你才能从平淡无奇的生活中找到属于自己生命中的阳光，使自己保持愉快的心情，以饱满的热情参加到学习、工作和生活中。

正如巴尔扎克所说："苦难是人生的老师。拒不接受苦难不是力量的表现，而是懦弱的表现。"

美丽成长智慧库

女孩如何练就乐观地面对苦难的本领？

生活中，有些人常常会抱怨自己这样不如意，那样不顺心。其实，每个人在生活中都不会是一帆风顺的，关键就是心态问题。一个乐观开朗的人，无论面对什么样的生活，都有能力重新开始。面对生活中的每一次转变，拥有乐观的性格，有助于创造走向成功的机会，拥有积极的观点，有助于目标的实现。对我们来说，这是比什么都重要的财富。那么，要怎样培养女孩积极乐观的心态呢？

首先，要有乐观的心态。我们应该从小就自主培养

积极的生活态度，只有具备乐观的心态，才会在行动上付诸实践，也才会在遇到问题和解决问题的时候不会消极面对。

其次，要努力感受快乐，不要活在悲观和抱怨的世界里。凡事都有有趣的一面，我们应该善于寻找、努力感受，积极地将其发掘出来。当生活中处处充满快乐，那么想不快乐都难。

抱怨也于事无补，浪费人的精力，也解决不了问题。所以，千万不要让自己形成抱怨的习惯。

5. 寻找快乐，享受生活

有一个叫小雪的年轻女子，她随同丈夫驻扎在一个沙漠的陆军基地里。丈夫是一名军人，奉命到沙漠里演习。每当这时小雪就只能一个人留在陆军的小铁皮房子里，这里不仅天气炎热难熬，而且还很寂寞，无人聊天，因为当地只说方言，她听不懂。面对种种她很难过，于是写信给父母说自己想要回家。

她的父母在回信中并没有给她过多的安慰，而是讲了一个故事。但是，就是这个故事彻底地改变了她的生活。故事是说，从前有两个人，都是被冤枉而坐了牢，但是其中的一个人因为对生活失去了希望，每天都活在悲观失望之中，最后终于在牢里郁郁而终；而另一个人则不同，他坚信自己既然是被冤枉的，那么终有一天会真相大白的，正所谓："清者自清。"所以在狱中他不断地激励自己，始终使自己充满了信心，后来终于等到了平反而被释放了出来。

小雪把这个故事反复读了好多遍，她明白父母的良苦用心，同时也对自己的行为感到非常惭愧，

从此，她下定决心要在沙漠里寻找新的乐趣。她不断地激励自己要适应这里的环境，并开始和当地人交朋友，人们对她都非常的热情，于是她又找到了从前的欢乐。

渐渐地，小雪知道了自己的兴趣所在。她被当地的纺织和瓷器深深地吸引了，当地很朴实的人们就把舍不得卖给观光客人的纺织品和陶瓷送给了小雪。小雪还潜心研究那些引人入迷的仙人掌和各种沙漠植物，并学习了当地有关土拨鼠的知识。

她喜欢看沙漠的日出和日落，还会经常寻找海螺壳。这些都是几万年前这沙漠还是海洋的时候留下来的。

如今的小雪每天都很快乐地生活着。其实，从始至终这里的沙漠都没有变，当地人也没有变，变化的只是小雪的念头和心态。父母那个激励人的故事把小雪变成了另外一个人，原来痛苦的生活也变成了一生中最有意义的冒险。从此，她对自己的新生活充满希望，对自己的新发现也兴奋不已。

女孩励志课堂

人们在遇到困难的时候常常抱怨命运不公，把一切都归于命运的安排。但实际上，并没有神在主宰人们浮沉的命运，人若自败，必然失败。纵观每位成功者，都首先要有积极上进、自我激励的雄心壮志。如果自我泄气，那么无论开始想做什么事，最后的结果都会是以失败告终。

女孩怎样培养快乐的性格？

性格决定命运。具有悲观性格的人常常会消极对待人生，具有乐观性格的人则会促使人们保持自信心与活力，一步一步迈向成功的大门。那么，女孩应该怎样做才会具备快乐的性格呢？

首先，要有一颗感恩的心。在培养快乐性格的过程中，感恩起着重要的作用。只有学会感恩，才会不断地爆发出对生活的热情。

其次，要善于超越自我。只有不断地超越自我才会创造生命的奇迹。因为超越的过程其实也是学习如何面对困难和压力的过程。当你受到挫折时，要相信前途是光明的，使自己在恢复快乐心情的环境中寻找安慰。

再次，要善于寻找生活中的乐趣。生活是充满乐趣的，关键在于你能不能主动地去寻找、去发现。只要你善于寻找生活的乐趣，就会发现快乐就在你身边。

6. 最佳女律师

在律师界有一位外貌丑陋但口碑极佳的女律师，她的名字叫恩琦。在法庭上这位外貌扭曲的律师常常会引起众人的惊讶甚至恐惧。但就是这位外貌丑陋的女律师，却以渊博的学识、言辞犀利的口才和强大的气场震惊四座，为无数当事人打赢了官司。

恩琦在上中学的时候，下巴上出现了几个很小的圆形白斑，当时并没有什么异常，因此也没有引起足够的重视。但随着时间的流逝，白斑的面积不断地蔓延，最后连成了片。看到这种情况父母立即带恩琦去医院皮肤科检查，但是医生只是给她开了一些外用的药膏。一个月后，白斑非但没有消除，面积竟然还越扩越大。紧接着，在恩琦的身上接连不断地出现了奇怪的症状：原本一头金黄色的长发，变成了灰白色，且大把地脱落；右眼向下倾斜，鼻子向右扭曲，右侧嘴角向上翻起，一张漂亮的面孔完全变了形。

此时她的父母焦急万分，再次把恩琦送到医院五官科进行检查。没想到这次的检查结果是：恩琦患上一种罕见的进行性面偏侧萎缩症。这种病的症状是随着年龄的增长而日趋加重，并且患者的五官会渐渐萎缩甚至完全消失，最后整张脸萎缩成为一个洞。因为这种病极其罕见，目前在全球范围内还没有行之有效的治疗方法。这种病虽然可怕至极，但是不会危及患者的生命。

坚强的恩琦并没有向命运低头，她下定决心一定要通过努力和顽强来证明自己生命存在的价值和意义。从此，恩琦以惊人的毅力发奋努力的学习，几乎包揽了年级所有学科的第一名。最后，恩琦以优异的成绩考取了大学。

多年来她除了要经受病痛地折磨，还要面对世俗的目光。因为在大家的眼中她是一个"怪物"，没有人愿意主动接近她，甚至有人把她的照片贴到网上。网友的留言有的是对她的同情和鼓励，但更多的是对她的冷嘲热讽，甚至还有人咒骂她不该把自己恐怖的照片贴到网上吓唬人。更让恩琦无法接受的是有的网友还对知名大学是否该录取"丑八怪"的议题，展开了激烈的论战。很多人认为恩琦的丑陋相貌，会影响学校的形象和声誉，并建议校方开除恩琦。如此大的压力从四面袭来，坚强的恩琦只能一个人默默地承受着。

一天，在社会心理学课上，老师让同学们讨论自己的理想。当轮到恩琦发言的时候，还没等她开口，一个男生就抢先喊道："整容，她的理想只有整容。"话音未落，教室里一片哄笑声。

坚强的恩琦并没有被哄笑声压倒，而是转过头，认真地看着那个男生说："你错了，我的理想并不是整容。整容是改变不了我脸上的残疾和缺陷的。其实，我的理想是做一名律师。"

结果教室里再次爆发出哄堂大笑。同学们你一言我一语地讽刺着恩琦，可恩琦仍然表情严肃并语气坚定地说："我要当律师，去帮助那些可怜的受害者，以及身患残疾而遭到他人歧视的人。"

可能是良心发现，教室里瞬间安静下来，每个人都陷入了深深地沉思中。4年后，恩琦如期大学毕业了，并通过自己不懈地努力考取了职业律师资格证。她实现了当年的理想，兑现了自己的诺言。如今，女律师恩琦时常出现在法庭上，真正地帮助那些可怜的受害者。

女孩励志课堂

生活中要学会控制自己，不要总去留意他人的过失，更多的是应该注意自身的行为是否妥当。能够做到超越自我的人是生活中的强者。恩琦就是一个强者的形象。她在疾病面前，在世俗眼光和冷嘲热讽的背后，依然能够坚定自己的信念，充满信心，最终创造了生命的奇迹。其实，奇迹创造的精髓就是心态。

美丽成长智慧库

女孩怎样拥有好心态？

恩琦的成功离不开她的好心态，其实与疾病的痛苦折磨相比别人的冷嘲热讽对她的攻击性更大。可见好心态是走向成功的保障，那么，女孩怎样做才会使自己具有好心态呢？

首先，要学会自信。自信是成功的前提，也是快乐的秘诀。唯有自信，才能在困难与挫折面前保持乐观心态，从而想办法战胜困难与挫折。

其次，要学会调节。生活中不顺心的事总是很多，这就需要你学会调节自己的心态。当遇到困难和挫折时，应该及时地排除心理垃圾，保持内心环境的纯净。学会使用适当的心理暗示，用积极的心态去激励自己和别人。

再次，要学会宽容，培养自己宽广的胸怀。当你遇到别人对不起自己或有损于自己的事情时，对此不要耿耿于怀，能够笑一笑就过去，这就是宽容。宽容能使人性情和蔼，消除无谓的矛盾，化干戈为玉帛。宽容的人，时时处处都会受到人们的拥戴。

7. 美丽的萝卜花

有这样一个很普通的女人，她喜欢雕刻萝卜花，用料是萝卜，她能把萝卜雕成一朵朵盛开的月季花。

花开得很美丽，很喜人。女人每天都会在小城的一条小巷子里摆地摊，卖小炒。一小罐煤气、一张简单的操作平台，她的买卖就可以开张了。她卖的小炒只有三样：土豆丝炒牛肉、土豆丝炒鸡蛋、土豆丝炒猪肉。

这个女人三十岁左右，消瘦而白皙的脸庞，长长的秀发用发卡别

在脑后。最惹人眼的是她的衣着，每天离不开油锅的人，大多时候是很油腻的打扮，但是这个女人是个特例。她的衣服极干净，外面罩着白围裙。更令人惊奇的是她每卖一份小炒，都会在给你的餐盒上放上一朵雕刻的萝卜花。

每当顾客询问其中的含义，女人只是微微一笑，说："其实没有什么，只是这样装在盒子里，比较好看。"

不知道是顾客们喜欢女人的干净利落还是喜欢她的萝卜花，一到饭点时，女人的摊位前总是围满人。

五块钱一份的小炒，大家都很耐心地等待着。女人在不停地翻炒，然后小心翼翼地装在方便盒里，再配上那朵美丽的萝卜花。整个过程真是一个美的演绎。于是，一朵一朵素雅的萝卜花，就开到了人们的饭桌上。

了解女人的人都说，其实她以前的生活很殷实。男人是搞建筑的，还算有钱。但是很不幸的是男人在一次施工中，从尚未完工的高楼上摔了下来，被送进医院，医院当场就下了病危通知书。

但是女人并没有放弃，而是几乎倾尽了所有来抢救男人，虽然最后男人保住了性命，但是却终生瘫痪。

命运在一夜之间发生了翻天覆地的变化。从此，女人的生活不再优裕。整个家庭的重担都压在了她的身上，年幼的孩子、瘫痪的男人，女人一肩扛一个。她很坚强地想，既然已经如此，生活还是要继续向前。她考虑了许久，决定摆摊卖小炒。这对女人来说无疑是一个挑战。首先就是竞争很激烈，街上的饭店很多，能否与其竞争得过是一个大问题，很多人都认为这个买卖对她来说是没戏的。女人想，他们说的也不是没有道理，但是要是弄出点儿和别人不一样的东西或许就会有市场。于是她想到了雕刻萝卜花。当她静静地坐在桌旁雕刻时，她突然被自己手上的美震慑住了。一根很普通的萝卜，在眨眼之间竟能开出一朵一朵的花来。女人的心一下子充满了期望和向往。

后来女人的生意越来越火，而且萝卜花成了她的代名词，提起萝卜花真是无人不知无人不晓呀！

美丽的萝卜花，和她的女主人一样，绽放自己的芳华。淡淡的素雅让人倍感亲切。最为难得的是女人用积极的心态去面对生活，可见女人能在艰难的环境里，隐忍不拔成就最后的灿烂，就是女人热爱生活，有着阳光心态的表现。要想让自己的人生变得精彩，就要能从生活中发现美，用心生活便会活得精彩！

美丽成长智慧库

怎样乐观地面对生活的磨难？

人生是一个美丽的大舞台。我们在这个舞台中扮演着不同的角色，而且每一个角色都不会是完美的，关键就看你是以一种什么样的心态去生活。

是否拥有积极的心态是评价一个人修养境界高低的标准之一。保持积极的心态需要有一颗平常心，能够正确面对生活中的困难与挫折。人生有时就像航行在大海上的船舶，只有经受住海浪的颠簸，才能到达理想的彼岸。对待困难与挫折的态度，取决于你的心理成熟度和对生活的不懈追求与热爱。

人的一生既有顺境，也有逆境，关键在于以怎样的心态去感受、去面对当时所处的环境。能否保持积极的心

态，需要有一种精神状态，那就是把逆境看成是磨炼意志的过程，把失败当成是经验的积累与总结，有勇于面对一切困难与挫折的信心。不曾经历过挫折与磨难的人生，根本就不算是完整的人生。挫折与磨难是人生的原色。面对挫折与磨难，我们要善于调整自己的心态，把它看成是有益于人生的一种磨砺，乐观面对。

8. 善良会赢得信任

在一个寒冷的冬夜里，冯先生和朋友们喝完酒后不慎把皮包丢落在了街上。发现皮包丢了之后，冯先生十分焦急，连夜去找，因为皮包里装有一份十分重要的商业信息和10万块钱。

冯先生开着车又回到了那条街上，在他刚刚打开车门时，便看见一个冻得瑟瑟发抖的小女孩正靠在路灯边，怀中紧紧地抱着他丢的那个皮包。

这个女孩叫小娟。她的家庭非常贫困，在她一岁的时候，父亲就得了重病。母亲为了能给父亲治好病，变卖了家里所有的东西，全家人的生计就靠母亲在纺织厂打工来维持。但是后来，父亲还是被无情的病魔夺去了生命。母女俩的生活更是充满了艰辛，她们相依为命。但是母亲并没有因为贫困而不让小娟读书。她认为只有读书以后女儿才能幸福。

这一天小娟放学后，写完作业照例去街上捡废品。当她捡到这条街上的时候，正好发现了这只皮包。小娟等了一会，见没有人来找，便拿着皮包回家了。当母亲打开皮包后，她们都被里面成沓的钞票惊呆了。这些钱足以让她们过上幸福的生活，但是母亲还是很决然地让小娟把皮包送回去。小娟很了解母亲的为人和品性，所以她按照母亲的要求做。

小娟知道主人一定很着急，所以他一定会回来找的。于是在苍茫的夜色下，她回到了捡到皮包的那个街角。靠在路灯下，在冷清的夜里执着地等待着丢包的人。忽然，一辆黑色的车在她的面前停了下来，从车中走出来的那个人的表情足可以确定他就是丢包的人。

"叔叔，您是来找这个的吧？"小娟指了指自己手中的皮包。

"谢谢你，小姑娘。这正是我的包！"冯先生感激不已。后来因为这失而复得的10万块钱和那份商业信息使他的生意越做越大，赚了很多钱。不久之后，冯先生做出了一个决定，他决定收养小娟。

被收养的小娟大学毕业后，就来到了冯先生的公司做事。在冯先生的教诲下，小娟渐渐具备了一个出色的商业人才所应具有的睿智和才干。

又过了几年，冯先生的儿子留学回国后，与美丽善良的小娟一见钟情。冯先生给儿子讲述了小娟的故事，并感慨道："认识她们母女之前我就已经很有钱了，但是当我站在这对贫困不堪却拾金不昧的母女面前时，却发现她们才是真正的富人。是她们让我领悟到了人生最大的资本就是人的品行。我收养小娟并不是因为同情她们，也不是对她们的感恩回报，而是在向一个具有崇高品质的人致敬。"

女孩励志课堂

善良是一种良好的品质，也能看出一个人内心的真实状态。试想，如果小娟母女把拾到的钱据为己有，就不会得到冯先生的帮助，小娟也就不会顺利地完成学业，更不会拥有美好的感情。贪图一时的享乐，就有可能失去一生的幸福。所以一定要把心态放正，这样才能问心无愧，让自己的人生不后悔。

怎样做一个善良的女孩？

善良是人性光辉中最温暖、最美丽、最让人感动的一缕。善良是和谐、美好之道。心中充满慈悲、善良，才能感动、温暖人间。那么，女孩要想使自己练就成美丽的善良天使，具体应该怎么做呢？

首先，从身边小事做起。一个善良的人，就像一盏明灯，既照亮了周遭的人，也温暖了自己。善良无须灌输和强迫，只会相互感染和传播。要想做个善良的人并不难，只要从身边的小事做起就可以了，一个微笑，一个简单的动作，一句发自内心的问候，这些都是善良之举，对我们来说也并不难做到，但却有可能因此帮助别人走出困境。

其次，善良不要有杂质。真正的善良是内心清净光明，身体庄严威仪，举手投足间，都让人觉得很正派。所以，生活中要修身修心，切勿有私心杂念。只有摆正自己的心态，才会从内心深处想要做一个善良的女孩。

9.做一朵铿锵玫瑰

梅果如今在一家跨国化妆品企业的人力资源部工作，主要负责对销售部的新员工进行岗前培训工作。跟一般培训师相比，梅果很少直接给大家讲那些晦涩难懂的理论知识，而总是把这些知识结合到一些既生活化又容易理解的现实案例给大家讲出来，她这种既有亲和力又很易于理解的培训方式很受大家欢迎。经过她的培训而走向销售岗位的新员工，一般都能很快进入工作状态，并取得不错的业绩。

梅果的培训之所以这样受人欢迎，主要是因为她的培训就像一场精彩的演讲一样，让人很容易被同化、被感染。而她之所以练就了这样一种本领，跟她的另外一个身份有关——一家演讲培训公司的客串讲师。跟在公司一样，在这里也有许多人都很喜欢听梅果的演讲。

有一次，当梅果给大家上了一堂精彩的演讲课之后，许多学员围坐在她身边向她取经。其中一位年轻的女孩问她说："梅老师，你真厉害，我对你既羡慕又嫉妒。你的演讲口才这么好，想必从小就是一个爽朗、活泼的女孩吧？"

"呵呵，如果你是这样想的那就错了，小时候，在家里面对爸爸妈妈的时候，我是个爱唱爱笑、非常活泼的小女孩，可是一旦有外人到我家来做客，或者爸爸妈妈带我去别人家玩，我就会变成另外一个人，别的小朋友跟我说话我都会脸红，叔叔阿姨摸一下我的头，我都会哭起来。"梅果笑着说。

"啊？真的吗？真不敢相信，你小时候是那么害羞的一个女孩。那你是怎么改掉了害羞的性格变得这样开朗了呢？"

"这当然要感谢我的爸爸妈妈。当他们发现我这个缺点之后，便开始通过各种方法来鼓励我、帮助我。比如，经常带我到小朋友多的地方去玩，让我跟他们多接触；比如，家里来了客人，会鼓励我去接待，给客人倒茶；再比如，会故意给我一些钱，让我帮着去楼下的小卖部买点东西。在爸爸妈妈的鼓励和帮助下，我终于有了一点点改变。后来，我自己也开始慢慢明白，羞交不到朋友，害羞会让自己变得很孤独，于是我从内心里开始一点点改变。我会拿着故事书，给小朋友们讲故事；我会主动要求妈妈带着我去参加一些活动。小学五年级的时候，我读了一本描写一位演讲大师生平的书，从此我迷上了演讲，然后一直在这条路上走到了今天。所以，只要克服了害羞的心理，每一个女孩都会成长为一朵铿锵玫瑰。"梅果跟大家分享着自己的成长经历。

她的话音刚落，立刻响起了一阵热烈的掌声。

女孩励志课堂

对于许多女孩来说，多多少少会存在一些害羞心理。如果听之任之，那么这种心理缺陷就会妨碍你的正常人际交往。更为严重的是，随着时间的推移，害羞还会让你变得越来越内向、沉默、胆小、自卑。如果不想让这些有害"病菌"入侵到你的性格当中，那么你就要尽快通过各种方法摆脱害羞的心理，让自己变成一个活泼开朗的女孩，从而交到更多的朋友，走进更广阔的天地。

美丽成长智慧库

女孩怎样克服害羞的心理？

害羞是一种很不健康的心理状态，是一种消极的人生观。那么女孩在生活中应该怎样克服害羞的心理呢？

首先，要能正确的估计自己，树立自信心。自信心是一个人成长的助力器，它会很有效地克服害羞的心理。在各种场合，应顺其自然地表现自己，相信自己在别人心目中的形象并不差，自己是一个同他人一样有思想、有性格、有自尊的独立完整的人。

其次，要勇于同别人交往。在与人交谈时不要总是回避别人的视线而盯着一个地方或是自己脚尖看。当你和对方同处一个地位，要勇敢地拿出点自信心来，大胆而自信地与之交往。

再次，凡事要看到事情积极的一面。学习和工作中难免会遇到挫折和困难，所以一定要学会克制自己的忧虑情绪，凡事尽可能往好的地方想，多看积极的方面，多想自己的长处，相信自己，增加信心，就不会畏首畏尾了。要敢于主动发言，多谈些自己的想法和意见。

10. 胆小是一种懦弱的心态

媛媛小时候是一个很胆小的女孩。就算在路上看到一只小狗都会吓得迈不开步，甚至对下楼梯和走下坡路她都感觉到害怕。这种胆小、怯懦的性格使她养成了沉默寡言的习惯。在学校里，她极少与人说话，也不爱和老师交流，更别说去参加一些集体活动了。这种不善交际的性格致使她总是一个人整天抱着本书在角落里读得津津有味。

最令媛媛头疼的科目就是体育课。每当老师让学生跳水或翻杠时，她就非常紧张。她的父亲是当地一位有名大学的学院院长。他很希望自己的女儿能在同龄人中出类拔萃，脱颖而出。可是小媛媛的表现着实让父亲有点失望。但父亲并没有放弃小媛媛，而是不厌其烦地给女儿讲怎样树立勇敢的信心，并不断地鼓励她。父亲还找到她的老师和同学，恳请他们平时在学校多多鼓励她。

在一次体育课上，老师要求每个同学练习跳水。当小媛媛站在3米高跳台上时，内心的恐惧再一次涌了上来，双腿忍不住发抖。刹那间在她的脑海里掠过了很多种跳下去后的场景，不觉中她吓得眼泪都流了出来。

看到这种情况，站在一旁的父亲对她说："不要害怕，你还没有试，怎么就知道自己不行呢？勇敢地跳下去吧！"但是，她还是站在跳板上不敢动弹，浑身哆嗦得厉害。父亲接着鼓励她说："相信自己和爸爸吧，你应该和他们一样，你是勇敢的！"在父亲的不断鼓励下，小媛媛终于向前迈出了一步，然后闭上眼睛，尖叫一声跳了下去，随即，她听到的是在场的同学和老师们的热烈掌声。当时，她激动极了，"我竟然也成功了？"她不禁问自己。

从此以后，小媛媛的胆子逐渐大了起来，她发现其实困难并没有想象中的那么可怕，只要你勇敢地一搏，任何难题都是可以解决的。她以这样的原则来要求自己，特别是在遇到困难的时候。最后她终于成功了，成了在政界雷厉风行，大胆果敢的赫赫有名的人。

女孩励志课堂

胆小常常会阻碍女孩的学习和成长。媛媛就是一个胆小的女孩。只有不断地挑战自己，才会锻炼你的胆量。每个人在成长过程中都会遇到许多困难，很多人心里也曾产生过退缩的念头，但只有那些敢于迎接挑战的人，才可能有所成就。

美丽成长智慧库

怎样成为一名杰出女性？

纵观历史，政坛上有很多杰出的女性。女孩也要当自强，关键你是以一种什么样的心态去面对人生的每一步。女孩们是否也梦想着自己成为像媛媛那样成功的人物呢？首先，一定要从小培养自己的自信心，做事情要有自己的看法和主见，在众人面前敢于发表自己的看法和言论，敢于坚持自己的想法。其次，要在实际中锻炼自己的勇气和胆量。例如在班级讨论中，要踊跃发言，这样不仅能锻炼口才，还能锻炼敏锐的思维，自信的决断和超人的胆量，这些都是成功所必备的前提。

11. 坚定的信念可以战胜任何困难

有一个叫贝贝的小女孩，她是一个冲浪爱好者，在她很小的时候就常常跟随父亲在海岸与奔腾的浪潮搏击，但是一场突如其来的灾难却差点夺去她的生命。那是一天早晨，一条鲸鱼撕去了小姑娘的左手。

几个星期后，当她胳膊上的绷带被慢慢拆开时，长长的伤口呈现在家人眼前，她的哥哥顿时脸色惨白，站在一旁的妈妈几乎要晕倒，就连她那苍老的外婆都独自走出病房掩面而泣。

这个不幸的事实大家谁都不愿意接受，因为它太残酷了。这个13岁的女孩还没有开始真正的生活就这样失去了左手。

但是，贝贝却显得异常平静。当大家对她的异常状态感到害怕的时候，她的一句话让所有的人都感到了吃惊和震撼："世界上没有可以让时间倒流的机器。既然这已经是无法改变的事实，那就把它当作是上帝对我的安排吧。我要勇敢地面对它，我仍然期待有一天能够重返大海。"

一个多月后，人们惊奇地发现，她的身影又出现在了海边。当大家关切地问她的近况时，她说："我还要继续冲浪！"人们对她坚强和乐观的心态都报以祝福的微笑。但尽管如此，大多数人还是认为这是不可能的，因为冲浪是一种需要技巧和平衡的运动，一个断了手臂的人如何能在翻滚的大浪中做到平衡呢？

但是事实胜于雄辩，贝贝用实际行动证明了她可以做到！她又开始刻苦训练。事故后当她第一次登上冲浪板时，不一会儿就掉进了咸涩的海水里，但她并没有退缩，而是又马上站了起来重新登了上去……

身边的很多人都劝她放弃冲浪，停止这种无谓的努力，但这都没有动摇她对冲浪的坚定信念，并表示一定要坚持下去。她还富有激情地说："我的灵魂属于冲浪，冲浪板就是我的生命之船，而我的双臂就是一对船桨。以前我用双桨遨游大海，现在我是幸运的，因为我还有一支，只要还有一支桨，我照样可以遨游大海！"

就是这样的信念的支撑，贝贝一次又一次地从冲浪板上摔下来，一次又一次地登了上去……

功夫不负有心人，贝贝在经过漫长而刻苦的训练之后，不仅恢复了原来的冲浪水平，而且在技能上还有了提高，更令人惊叹的是她还获得了一系列赛事的冠军。

女孩励志课堂

有人把生活比作"五味瓶"，即苦、辣、酸、甜、咸尽显其中。但品尝什么样的滋味的主动权却在自己的手中。说到底就是取决于你对生活的态度。你对生活微笑，生活里就充满了阳光；你对困难低头，小坎坷也能绊倒你。坚强的女孩可以让生活充满微笑，充满精彩。

女孩怎样学会正确地认识自己？

每个人都有自身的潜能和优势，关键是看你怎样正确地认识自己，发现自己的优势和劣势，正如故事中的贝贝一样。那么，女孩要想正确地认识自己应该怎么做呢？

首先，要正确认识自己的价值。每个人的特点不尽相同，你只有能够冷静客观、正确地看待自己，才会在生活中处于强势地位，更有利于成绩的取得。

其次，要有虚心学习的精神。你之所以有羡慕别人的地方，也许这正是你所缺少的，抑或是你的不足之处，这个时候你就要通过努力，虚心学习别人的长处为己所用，这样才会使自己变得越来越完美。

12. 乐观会助你战胜不幸

很久以前，在大西洋里发生了一起船只相撞的事故——一艘小汽船与一艘大客轮相撞。小汽船没过多久就沉入了海里，船上的一百多名乘客都被抛在了水中，生命受到威胁。

刚落水的时候，这些落难者都努力地求生，他们都抱着救生圈、圆木等漂浮物在海水里挣扎。但是随着时间的逝去，落难者的哭喊声、呼救声渐渐被海浪声淹没了，海面上出现了令人窒息和恐慌的气氛。这让很多人感觉自己已经没有生还的希望了，于是放弃的情绪开始蔓延。

其中一个保险公司职员，也是这一百多名落难者中的一员，事故发生后，刚开始的时候他也在水中苦苦地挣扎，但是渐渐地他就失去了力量，觉得自己已经奄奄一息了。就在他想选择放弃的时候，隐约地听到了一阵优美的歌声。透过嘈杂的海浪声，他依然能分辨出那是一个女性的声音，这声音很优美，就像教堂里的赞美诗那样高雅、动听。

他被美妙的声音吸引了，他静静地听着，不一会儿就听得入了神。他感觉到自己的身上有了一股神奇的力量，突然之间又有了精神，于是他顾不上寒冷和疲惫，慢慢地朝着歌声的方向游去。

不一会儿，他就游到歌声的来源处。在那里浮着一根很大的圆木，可能是汽船下沉的时候被甩出来的。他看到几个女人正抱着它在水中等待救援，而唱歌的人就是其中的一个年轻姑娘。她用歌声为同伴们加油，为她们驱散寒冷和疲惫，坚定生还的信念。

突然，一个大浪劈头而来，他以为歌声会随之而消失，心里禁不住一阵难过，但是万万没想到的是这个姑娘仍然镇定自若地唱着。这歌声仿佛是那黑暗中的灯塔，释放着希望的光芒。想到这里，他对眼前的灾难没有了恐惧感，而是倍感无穷的力量，坚定着生还的信念，而这种力量就来自这美妙的歌声。终于，一艘救生艇循着歌声驶了过来，他们得救了。

女孩励志课堂

不幸的人生谁也不想拥有，但是有些事并不是我们能够主宰的。有人说，不幸是人类生活的试金石。怎样面对不幸的考验，无外乎有两种：一种是乐观面对，另一种则是消极应对。当然，结局也会有两种：当选择垂头丧气地哭泣或哀号时必然会变得更加不幸；如果能够乐观地面对，就可以激发出战胜困难的力量，就会把不幸变成幸福。

女孩怎样面对自己不幸的遭遇？

首先，要学会承受。每个人在成长过程中，必然会面对或大或小的困难。聪明的人在这之后会用最快的速度振奋起来，默默地准备重新迎接挑战。但这就需要一定的承受力，因此学会对困难的承受是很有必要的。

其次，要学会善待他人。当自己遇到不幸的时候，不要把一切的责任都推给别人，也不要愤世嫉俗，认为老天对自己不公平。其实有时候往往好人缘会帮助你解围的。所以要试着去理解他人，宽容他人。唯有如此，才能于他人有利，于自己有利。

再次，一定要保持愉快的心情。生活中有很多美好的事物，努力让自己每天都有一个好心情就会减少很多烦恼，还会养成乐观的性格。这样，在面对人生的不幸时就能更坚韧，更有信心。

气质修炼——德才双馨的女孩最美丽

社会的不断发展和进步，让女性成为人类社会的支撑点。作为一个女孩，要想将来更好地生活在这个社会里，首先要塑造美好的气质。因为，一个优秀的女孩不是以她华丽的衣服和漂亮的容貌取胜于人的，而是凭借自己完美的气质。

第5章
真爱无价——与人玫瑰，手有余香

1. 只要有爱，哪里都是天堂

小安娜有一个很伟大的梦想，就是要看看天使的模样，她对天使充满了好奇。但是妈妈总是告诉她天使在很远的地方。暑假了，安娜背着妈妈开始了寻找天使的旅程。因为妈妈说天使在很远的地方，所以她准备了一只旅行箱，并在里面塞满了食物，因为她并不知道自己到底要走多远，需要多久才会到达目的地。

安娜拖着箱子不停地走，来到一个公园时，安娜感觉自己两腿发酸，打算坐下来休息一会儿，这时她看到一位老爷爷正坐在那里目不转睛地看着周围的鲜花和茂密的香草。于是安娜就在这位老爷爷身边坐了下来。她打开箱子拿了一瓶饮料，正准备喝时，发现老爷爷好像很饿的样子，一个劲地盯着自己手中的饮料，于是安娜拿出一块巧克力递给了他。老爷爷接过巧克力，朝安娜投去感激的微笑。老爷爷的笑容是那么慈祥，那么可爱，但是在这灿烂的微笑里包含的更多的是对安娜的感激。安娜也感受到从未有过的欣慰和亲切。她觉得这个世界仿佛充满了鸟语花香，一切都是那么的令人感觉温馨。

安娜很想再看看老爷爷的那张笑脸，于是又递给他一瓶饮料，老爷爷也接受了。此时，他的微笑变得更加慈祥，更加可爱了，似乎为安娜的善良而感动。于是，他们开始交谈起来，整个下午，这一老一少就这样坐在公园里边吃边谈，还不时发出阵阵笑声。

时间过得很快，天色渐渐暗了下来，安娜觉得有些疲惫，但她还是想继续寻找天使。可是，刚要启程的安娜突然转念一想，我眼前的老爷爷不就是可爱的天使吗？明明天使就在眼前了啊。于是安娜张开双臂拥抱了老爷爷，高高兴兴地跑回了家。安娜从来没有像今天这样高兴过，她哼着歌曲走进了自己的房间。

"发生什么事情了，安娜？是什么让你觉得这样快乐，我的宝贝？"妈妈不解地问。

"我和天使共进午餐了。"安娜兴奋地答道。妈妈对安娜的话颇为不解，还没等母亲反应过来，安娜就迫不及待地说："您知道吗，他给了我世界上最美好的微笑！啊，他是那么慈祥，那么亲切！"安娜边说边陶醉地闭上眼睛，那神情就像在回忆下午和天使曾经有过的美好时光。

那位可爱的老爷爷也是喜气洋洋地回到了家里。他的儿子疑惑地问道："爸爸，发生什么事了吗，您今天的心情看起来相当的不错？"老人很兴奋地对儿子说："我想我今天在公园遇到天使了，亲爱的孩子，她还和我一起吃了巧克力呢！"儿子很奇怪父亲的表现，老人继续陶醉地说："你不知道，天使原来那么年轻，比我想象中要年轻很多，而且很善良，我真是太幸福了，能和天使度过这样一个温馨的下午。"

女孩励志课堂

爱的力量是无穷无尽的。只要心中有爱，整个世界都会变成圣洁的天堂。但想要拥有爱，就必须有发现爱的慧眼，营造爱的能力，珍惜爱的心态。生活中也有很多人常常抱怨缺失爱。其实，爱无处不在，只要你心中有爱，就像文中的小安娜和老人。爱是需要互相交流的，是一种情感的传递。不要吝啬我们的爱，它会让你和身边的人都生活在快乐中。

女孩如何学会感受他人的关爱?

法国著名作家罗曼·罗兰说,"生活中并不缺少美,而是缺少发现。"的确,只要你用心地品味生活就会发现,爱就在身边。那么,女孩该如何学会感受他人的关爱呢?

首先,要学会与人分享。将心比心,只有付出才会有回报。在交往中只有关心、帮助和尊敬别人,才会得到爱的回报。

其次,要学会运用"角色互换",弱化"自我中心"心理。所谓"角色互换"就是转换与他人的位置,体会别人的实际需求,感受他人的悲欢苦愁。在遇到事情的时候,要学会换个角度为对方想一想,把从自己角度出发转为能考虑别人的感受和需要。

其三,要将自己融入集体中。多参加一些集体活动,关心集体,为集体出力,将自己融入集体中去接受锻炼和提高。不要把自己包裹起来,生活在封闭的世界里,因为只有人与人之间进行沟通,才会发现爱,感受爱。

2. 爱心不能用金钱来衡量

提到慈善,人们往往就会认为这应该是明星、企业家或是一些大人物的事,平常人也没有这个能力。其实,这种想法是大错特错的。因为慈善捐助的不仅仅是钱，更是一颗心，每一个人都有这样的权利和义务。

2007年2月的一天，联合国秘书长安南在美国得克萨斯州的一个庄园里为非洲贫困儿童举行一场募捐的慈善晚宴。

在晚宴即将开始的时候，一个小女孩手里捧着一个精致储蓄罐，在一位老人的带领下，来到了庄园门口。

但是这一老一小并没有顺利地走进庄园，在庄园门口就被保安拦下了，并且他态度很不友好地说："您有请柬吗？请出示一下。"

"请柬？对不起，我们没有接到邀请，但是我的孙女一定要来，我就带她来了。"老人抚摸着小女孩的头，态度很随和地对保安说。

"很抱歉，除了工作人员，没有请柬的人是不能进去的。"保安依然把老人和孙女拒之在庄园外，但可能是知道了老人的来意，态度比刚开始的时候好了一点。

"为什么？这里不是举行慈善晚宴吗？我们想来表示一下我们的心意都不允许吗？"老人的表情变得很严肃。

保安很为难地说："老人家，这是有规定的，我们也是没有办法，希望您能理解我们。"

老人又真挚地恳求保安："我的孙女从电视上知道了这里要为非洲的孩子们举行募捐活动，她很想为那些可怜的孩子献一点爱心。她决定把自己存钱罐里所有的钱都拿出来。我可以不进去，但请让这个有爱心的小女孩进去，可以吗？"

保安依然严格执行着规定，说："老人家，真的很对不起，这里将要举行的是一场慈善晚宴，应邀参加的都是社会各界的名流人士。很高兴你们带来了爱心，但是我想这种场合不适合你们进去。"

这时一直站在一旁没有说话的小女孩突然仰着头对保安说："保安叔叔，慈善的不是钱，是心！我知道受到邀请的人有很多钱，也会拿出很多钱，我没有那么多，但这是我所有的钱。如果我真的不能进去，请您帮我把这个带进去交给非洲的小朋友们吧！"说完小女孩把手中的存钱罐递给了保安。

面对这种情况保安有些不知所措。正在这时，站在旁边许久的一位老人说："孩子，你应该进去，你说得很对，慈善的不是钱，是心。所以所有有爱心的人都可以进去。"

说完，这位老人走到保安面前，拿出一份请柬，面带微笑的说："我可以带她进去吗？"

保安打请柬一看，忙向老头敬了一个礼："当然可以了，巴菲特先生。"

当天，晚宴的主角已经不再是倡议者安南，也不是捐出300万美元的巴菲特，或是捐出800万美元的比尔·盖茨，而是这个仅仅捐出30美元零25分的小女孩。她用真诚的爱心为自己赢得了最热烈的掌声。这次慈善晚宴的主题也因这个小女孩改成了："慈善的不是钱，是心。"

女孩励志课堂

爱心是人一辈子的财富。它所积聚的能量常常会创造奇迹。但是，爱心是靠一点一滴积累的，就像故事中小女孩令人感动的爱心捐赠一样，尽管捐献的金钱不多，然而却体现着一份爱。不要总觉得爱心小就不值得一提。爱心是不能够用金钱来衡量的。在现实中，如果我们没有足够的金钱去帮助别人，也可以出一份力，这些都是具有爱心的表现。

女孩如何学会感恩？

感恩，是一种心态，一种品质，一种艺术。具有感恩的心，对女孩的健康成长至关重要。

首先，感恩是一种乐观的心态。感恩的对象不仅仅是好的一面，困难与挫折同样要感谢，对手和敌人同样要尊敬。对于你不甚喜欢的一些人和事物，尽量想到它的正面，想到它对我们的利处，从而去感谢它。所以，感恩是一种乐观的心态。

其次，感恩是一种礼貌的表现。有人帮助了我们，我们真诚地说声"谢谢"，可能会给对方心里带来一股暖流。怀着感恩的心，是有礼貌、知恩图报的一种表现。感恩，是一种高尚的品质。

所以，你只有常怀感恩之心，才会给予别人更多的帮助和鼓励，才能对落难或者绝处求生的人们伸出援助之手而不求回报。常怀感恩之心，才会对别人、对环境少一分挑剔，多一分欣赏。学会感恩，学会热爱生活，你将会感受到更多快乐。

3. 免费的账单

小萍重病在床，县城里的医院已经无计可施了。但是，病情刻不容缓，虽然因为她的病父母已经花光了所有的积蓄，但他们还是决定

借一些钱把她送到省城的大医院里去医治。

就这样，小萍被父母送到省城里的大医院，为她看病的是一位姓韩的医生。当韩医生看到小萍和她的父母之后，眼中闪过一道奇异的光芒，那是一种莫大的惊喜，仿佛见到了自己最亲的人。其实事实也正是如此，对韩医生来说小萍曾经是他生命中非常重要的一个人。可如今，小萍面容憔悴地躺在白色的病床上。查看过小萍的病情后，韩医生在心里暗下决心：无论如何，也要尽全力挽救她的生命。从那以后，韩医生废寝忘食，寻找医治小萍这种怪病的解决之道。经过一段时间的辛苦努力，他终于成功了，小萍的病情有了很大的好转。

到了该要出院的日子，韩医生拿来了小萍所有治疗费用的账单，并在账单旁边写了一行字，然后叫护士把账单送到小萍的病房。接过账单的小萍简直不敢打开它，因为她知道，为了给她治病，家里已经债台高筑。可是，该面对的始终要面对的，这是自己活下来的代价。

不过，当小萍不得不打开账单时，却发现这笔巨额的医疗费用已经不复存在，她惊讶地看到这笔账单上面只有一行字：多年以前已经用一杯牛奶和一块面包全部付清。后面的署名是韩子奇医生。看到这个名字，小萍突然间恍然大悟，明白了其中的一切，顿时泪水充满了她的双眼……

原来差不多十年前，韩医生还只是个为了赚取学费而不得不挨家挨户推销产品的贫穷的年轻人。有一天，他发现钱被偷了，而手里的货物早已卖完了，巨大的饥饿感让他下定决心放下自尊，到旁边的那户人家去要点吃的。可是当他敲开门之后，却实在张不开嘴，于是只是说自己渴了想要了一杯水。开门的是个五六岁的小女孩。她听了他的话，转身回到屋里。当她再次走出来的时候，手里拿着的不是一杯水，而是几片面包和一杯牛奶。他充满感激地看着小女孩，慢慢接过牛奶和面包，然后把它们吃完。最后，他问："我该付给你多少钱？"

谁知那个可爱的女孩却微笑着说："你不用给我钱，我妈妈总是对我说，永远不要为所做的善事收取报酬。"

"我真心地谢谢你！"这时他不仅感觉身上有了力气，更为女孩简单质朴却鼓舞人心的话所打动。所以才会有了今天这位事业有成的医学专家韩教授，也才会使当年的女孩小萍有了第二次生命的奇迹。

女孩励志课堂

付出终会有回报，只是时间早晚的问题。所以当你付出的时候，如果刻意地索取，就会使爱心变了味道。就像故事的主人公小萍，当年的一次不求回报的善举，却在关键时候带给了她重获生命的机会。其实，生活的真谛并不神秘，幸福的源泉也很简单，即便是点滴的爱心和关怀，都有可能创造生命的奇迹。

美丽成长智慧库

女孩如何做到帮助别人而不求回报？

很多女孩在为人处事的时候把帮人求回报认为是理所当然的事。但如果你所帮助的人是一个忘恩负义的人，或者是对别人的帮助很漠然的人，你该如何做到付出而不求回报呢？

首先，要有一颗宽容的心。宽容不是懦弱。只有拥有宽广的胸怀、博大的胸襟的人，才会站在对方的角度思

考问题，才会真正设身处地地理解对方的难处和烦恼，也会增加自身的魅力，正所谓：境界宽，心胸才能宽；心胸宽，世界才会宽。

其次，要学会放长线钓大鱼。常言道："好人自有好报，付出终会有回报。"不要为今天的付出斤斤计较，要懂得在生活中为自己储备资源。你的每一次善举都会成为你的人生财富，最终也都会得到爱的回报。

4. 人本善良

高中毕业后，小凡没有考上大学，母亲希望她能复读一年，可是小凡不想复读了。之所以不想复读，并不是因为她不爱学习，而是因为家里的经济条件有限。原来，父亲在小凡五岁时就患病去世了，母亲为了把她养大，一直在辛苦地工作。复读一年的花费不小，而且如果她真的考上大学，学费的数目对她和母亲来说更是天文数字，她不想让母亲这么辛苦。所以，她决定离开学校，去找一份工作，和母亲一起承担起家庭的重担。

很快，小凡就在一家服装商场找到了一份工作，主要负责的工作是防盗。商场在顾客比较多的时候，如果稍不注意，很可能就会有衣服被偷走，一个月下来，这笔损失可不是个小数目。上班第一天，经理就叮咛小凡，要看好挂出来的服装。因为国庆节快要到了，商场里的顾客比平时多了许多。看着来往的顾客，小凡虽然为商场的生意增加而高兴，但也开始有些担心，害怕小偷会趁机下手。

有一天，小凡在整理服装时，忽然发现少了一件，她紧张极了，因为这一件衣服就足以让她失业。她的大脑开始飞速运转，脑海里重现着从上班到现在所经历的每一个人。忽然，她瞥见离她不远的拐角处站着一个中年女人，只见她衣衫褴褛，怀里拿着一个黑色的大包。

那个黑色的大包引起了小凡的怀疑。正当那个女人想要拉开商场的门走出去的时候，小凡大声叫住了她："对不起，女士，请您稍等。"那个女人听到声音慢慢地转过身来，一脸的惊慌。其实小凡心里对自己的怀疑也不是十分有把握，不过她在心里告诉自己一定要镇定。

"你有什么事？"那个女人先说话了，脸上的肌肉不停地在抽搐。

就在那一瞬间，小凡确定了，那件丢失的衣服一定在她包里。不过，她心里还是有些复杂，不知道自己应该怎样开口。她想起了母亲曾经对她说的话，每个人的本性都是善良的，不要轻易去伤害一个人。于是，小凡很温柔地说："女士，这份工作对我来说很重要，如果失去它，我将无法维持我和母亲的生活。如果丢了一件衣服，我就会被辞退。"

那个女人用近乎绝望的眼神看了看小凡，但是仍然掩饰不住她的慌乱和不安。她没有辩解什么，直接把那个黑色的大包交给了小凡，然后转身快步地跑开了。

女孩励志课堂

人的本性是善良的，所以做事的时候要从人的本性出发，善于抓住人性中美的一面，这对事情的解决会有很大的帮助。就像故事中的主人公小凡，她用她的真诚感动了那个拿走衣服的女人，最终保住了工作。

美丽成长智慧库

女孩如何学会以退为进？

小凡就是一个很会以退为进的女孩。她在既没有伤害对方自尊心的情况下，又要回了商场被偷的衣服，保住了自己的工作。

有时候在处理某种事情上采取以退为进往往会得到出人意料的效果。如果你也希望能够像故事中小凡那样得当地处理事情，就要学会以退为进。当某件事情彻底解决的时机还没有完全成熟时，你就需要主动退让，不反击、不发怒。但是你要记住，尽管在为了解决某种问题的前提下我们让步了，也要永远保持对全局的了解和控制，占据有利形势，同时也要照顾对方的感受，能让对方获得一定的利益。

5. 百宝箱里的父爱

收藏是很多人的爱好。我在杂志上看到这样一则轶事：有个作家喜欢收藏名人的手稿，他的墙上挂着著名画家的一幅素描和著名诗人一首诗的手迹，柜中放着音乐天才的乐谱。但是，可惜的是，这些名品也随着作家的自杀而全部散失了，而且很有可能永远在这个世界上消失了。

难道每个人都有自己的珍藏吗？这个问题，我随口说出来，被正在沙发上看报纸的父亲听到了，父亲随口说了一句："应该吧？"父亲的回答激起了我的兴趣，难到父亲也有什么收藏？于是我很正式地问："那这么多年，您收藏了什么没有？"

父亲听到我的提问有些愣了，过了片刻，一贯很严肃的父亲突然显得有些不好意思，"没有没有，我没收藏过什么。"我听了父亲的话后，顿时狐疑起来，因为从父亲的表情上看就知道这不是真正的答案。忽然我想起了父亲有一只木箱子，平时总是上着锁，里面到底装着什么呢，谁也说不清楚。

这么一想，难道父亲也真的有收藏吗？我忍不住一阵窃喜，父亲或许真的收藏着什么值钱的好东西？

于是我拿出了打破砂锅问到底的架势，接着问，"您那木箱子里是不是有几件明清时代的青瓷？"父亲只是摇摇头，并没有说话。

那难道是几块黄金白银或者祖传的玉镯什么的？

父亲依然不慌不忙地看他的报纸，脸上呈现出温和的笑。那笑里还带着一丝神秘。父亲越是这样，越激发我的好奇心，于是我撒起娇来，央求父亲："我只是想看看而已，不会要您的东西的。"

果然这一招见效，过了一会儿，父亲放下手头的报纸，问："你真的要看吗？"

我连连点头，表示强烈的愿望。父亲走到自已的卧室，搬出了那只箱子，把它打开，然后开始一件件地拿出来展示给我看。

原来父亲收藏的，是我们姐妹三个从小学时代开始的成绩报告书，三好学生奖状，参加各种竞赛的获奖证书。还有一本破旧的新华字典，扉页上有某某学校"三等奖"字样。还有几份我和妹妹的检查书，以及我们三姐妹写给父母的信件。

也许和作家的收藏品相比，父亲的收藏没有一件是珍品，但是在父亲眼里，它们就是无价之宝。也就在那一刻，我深深地体会到了父爱如山的重量。突然，忍不住想流泪，因为今天我才真正地感觉到它沉重的分量。

女孩励志课堂

"父爱如伞，为你遮风挡雨；父爱如雨，为你濯洗心灵；父爱如路，伴你走完人生。恐惧时，父爱是一块踏脚的石；黑暗时，父爱是一盏照明的灯；枯竭时，父爱是一湾生命之水；努力时，父爱是精神上的支柱；成功时，父爱又是鼓励与警钟。"这是对父爱的精辟概括。

美丽成长智慧库

女孩如何与父亲沟通？

父亲对孩子的爱是深沉的。大多时候，父亲常常表现得很严厉。这就使很多女孩对父亲的行为很不理解，甚至常常以消极的口吻与父亲进行沟通。长此以往，对女儿无比疼爱的父亲就会被忽视，甚至会成为被伤害最深的人。那么女孩应该如何与父亲进行沟通呢？

首先，要学会换位思考地看问题。父亲永远都不会伤害自己的孩子。父亲的想法都是发自内心地为你的将来着想。所以，你要设身处地从父亲的角度出发，学会换位思考，这样才会理解父亲的良苦用心。

其次，要能理解父亲。父女毕竟是年龄相差很多的两代人，存在不同的观念和想法很正常，这就需要你试着去包容去理解。

再次，沟通时一定要有耐心。因为只有你以平和的心态来与父亲交流，彼此才会敞开心扉，实现心与心的交流。同时，还要注意沟通时的态度。不要用不耐心的情绪进行沟通，这样是最不好，也最不应该的沟通方式。

6. 爱心葡萄

有一天，一位果农敲开了果园旁边一座医院的大门，拉拉女士惊喜地看到，果农给她送来一大串晶莹剔透的葡萄，并对她说："拉拉女士，葡萄到了收获的季节，给您送来这串葡萄表示对您的感谢，感谢您在我每次来医院送水果时对我的关照。"拉拉知道这串葡萄的情谊深厚，很高兴地收下葡萄，然后对果农说："谢谢你，医院的人会很高兴地享用这串葡萄的。"

果农满意地离开了医院，拉拉把葡萄洗净，很得意地望着它。忽然，在她的脑海里闪过医院里的一位女病人最近什么也不想吃的情景，拉拉决定还是把这串葡萄送给她，让她开开胃，"这个时候她多么需要营养啊！"

于是，拉拉女士把葡萄送到虚弱的病人床前。病人睁开疲倦的双眼惊喜地看着这串葡萄。拉拉很温柔地对病人说："斯斯，有人送给我这串葡萄，但是我知道你现在没有食欲。也许它能让你开开胃，带给你食欲。"斯斯接过葡萄，并对拉拉的关心从心底无限的感激。她哽咽着对拉拉说："我将永远记住你，就算有一天我死了，也会在天堂里感谢你！"

拉拉把装葡萄的盘子放在病人的床头，让病人慢慢享用。然后，她又回去继续值班了。

这位病人拿起葡萄，正要享用的时候，她想起了每天为自己辛勤操劳的护士。于是，这位病人呼喊护士，护士以为病人出了什么问题，就迅速赶到她的床前。

病人对护士说："万万，拉拉女士惦记着我的病，送给我这串葡萄，让我品尝。可是我什么也不能吃，我想还是让你吃，谢谢你一直对我的照顾，我很感谢你！"护士看到这串充满爱心的葡萄，坚持让病人吃，但是越坚持，病人越是拒绝。无奈之下，护士只好把这份礼物——充满爱心的葡萄带走，并感谢病人送她如此诱人的礼物。

护士边走边想，我们辛苦，也不如兢兢业业为大家服务的女厨师辛苦。她决定把这串葡萄送给女厨师。于是，她来到厨房，找到了女厨师娜拉，并对她说："你的心就像这串美丽的葡萄一样高尚，这串葡萄送给你吧。"但是娜拉谢绝了护士的好意，她认为这串葡萄应该送给为大家操劳的医院院长。

……

就这样，这串充满爱心的葡萄在整个医院传了一圈，又重新回到了拉拉手中。她惊奇得不知所措，于是最后决定，不再让这串葡萄兜圈子了。这串爱心葡萄应该让院里每一位充满爱心的人来共同品尝。想到这里，她不再迟疑，招呼大家一起品尝。大家都觉得从来没有吃过如此甜美的葡萄。

女孩励志课堂

法国著名诗人彭沙尔说过："爱别人，也被别人爱，这就是一切，这就是宇宙的法则。为了爱，我们才存在。有爱慰藉的人，无惧于任何事物，任何人。"可以说，爱是人类最美丽的语言。茫茫人海中能相遇就是一种缘分，一种幸运，所以遇到需要关爱的人，不要吝惜奉献你的一片爱心。这样，会使彼此都感到温暖，也只有有爱心的女孩才会更美丽。

女孩怎样使自己成为一个具有爱心的人？

首先，要从学会爱"人"开始。这里的"人"的概念很广泛，包括父母、师长、朋友、同学、陌生人甚至是竞争对手。在身边人遇到困难时，如果你能够主动出手相助，那么在别人感受到你的温暖的时候，你就已经付出了爱的行动。其实，爱就是这么简单。

其次，要爱身边的"物"。"物"的含义也很广泛，具有生命的小动物，自然界中的一草一木都在"物"的范围之内。对这些"物"要有一颗感恩之心，懂得怜悯，懂得尊重，懂得负责，善待自然界中的花草树木。要感激社会的关爱之情，感谢自然的馈赠之恩。只有这样，才会有爱的觉悟。

再次，要爱身边"事"。日常生活中的小事最真切、最具说服力。在你力所能及的小事中去体会过去不懂、不会珍惜的东西，从而引发自己的慈悲心、惜福心、感恩心。感受到帮助别人是一件快乐的事。

7. 出色的消防队员

小辉是一个很不幸的孩子，白血病的病痛正在一点一点吞噬着他的生命。看着生命在一天天消失的儿子，母亲十分伤心。她决定为儿子做一件事，那就是完成他人生中最后一个愿望，让他没有遗憾地离

开这个世界。

　　她握着儿子的手问道："儿子，你对自己的人生有过美丽的梦想吗？你长大后最想做什么？

　　小辉很兴奋地说："我一直希望长大后能成为一名消防队员。"

　　母亲强忍悲伤，微笑着说："我来想想看能不能让你的愿望成真。"

　　当晚，母亲就来到当地的消防队，找到了消防队长。当她讲明来意以后，消防队长被这份伟大的母爱深深地感动了。他答应她一定会帮助小辉实现这个梦想。母亲怕自己的要求会给消防队的工作带来麻烦，只说是否能让小辉坐上消防车在街角转几圈。

　　消防队长也是一个充满爱心的人，而且他也是一名父亲。他说："不只这样，如果星期三早上7点把小辉带来，我们会让他当一整天的荣誉消防队员。那一天，他将和我们一起吃饭，一起出勤。还有，您先把小辉的衣服尺寸给我，我们可以帮他订做一套真正的消防制服，还有一顶真的防火帽，上面还有一颗消防队的徽章。"听到这些话，小辉的母亲流下了感动的泪水。

　　星期三那天，当母亲把小辉带到消防队之后，消防队里的所有人都对他表示了热烈的欢迎。然后，消防队长帮他穿上消防制服，并让他坐上了消防车。坐在消防车里的小辉脸上露出了久违的笑容。

　　当天，城里有一个小商店着火了，小辉作为消防队的一员跟着其他队员们来到了火灾现场。虽然他只能坐在一辆没有参加救火的消防车里看消防员叔叔们救火，但他心里已经很满足了。

　　在母亲和消防队叔叔的关心下，小辉的人生出现了一个小小的奇迹，他比医生之前预期的日子多活了半年。

有爱心的人比拥有财富的人更值得别人尊重。因为对别人来说，你的爱，会使人感到温暖，使黯淡的生命有了色彩。爱能给人勇气和鼓励，爱能创造生命的奇迹。所以，在生活中要做爱的播种者，正如富兰克林所说："希望被人爱的人，首先要爱别人，同时要使自己可爱。"

美丽成长智慧库

如何创造生命的奇迹？

人类生活在一个温暖的大家庭里，爱的讯息把我们紧紧团结在一起。这里的爱是双方面的，你在接受爱的同时也要付出爱，因为爱是相互的。没有爱的世界将是一片黑暗，生活也将失去光彩。爱往往能使人创造奇迹。

其次，一定要有梦想。没有梦想的生活就像一杯白开水，平淡无味。虽然这样的人生不会经历波澜壮阔的起起落落，但是也不会有经天纬地的成功壮举。所以，梦想的导航仪是绝不可以遗弃的。

再次，态度一定要明确。成功取决于态度。要想成功首先在思想上要有一个想要成功的态度。要想做到这一点，必须注意以下几点：一是对自己的行为负责；二是善于扬长避短；三是学会适应现实。只有态度明确了，才会走向成功，才会改变命运，生命也才会出现奇迹。

8. 盲人牌的秘密

小孙是一名职业魔术师，他每天晚上都会去一家西餐厅为前来就餐的顾客表演魔术。在他的表演生涯中，有一次特别的表演让他记忆犹新。

那天晚上，小孙如同往常一样在餐厅里表演，他很随意地走到正在餐桌边就餐的一家人面前，取出一副牌，开始表演。他向观众展示着手中的扑克牌，然后转向正坐在餐桌边的一个小女孩，请她配合自己的表演，帮着随意抽出一张牌。

但是女孩的父亲突然显得很紧张的样子，用手指了指女孩的眼睛，然后摆了摆手，小孙明白了，女孩原来是个盲人。

小孙明白这位父亲的意思，但是他并没有因此而中断表演，而是回答："噢，那没什么。如果她同意的话，我还会专门为她表演一个魔术。"说完，小孙又转向小女孩，说："小朋友，你愿意配合我表演一个魔术吗？"

女孩显得有点儿羞涩地说："我愿意。"

于是，小孙在女孩对面的位置上坐了下来，并很小心地说："我举起一张牌，你可以猜一下它是红色还是黑色。每当我让你做出判断的时候，你就只需要运用你的智慧和精神力量，回答我手中的那张牌的颜色是红色还是黑色的就可以了。明白了吗？"女孩点了点头。

于是小孙开始正式表演，他首先抽出一张梅花5，说："这张牌是红色的还是黑色的？"

女孩思索了一会儿回答："是黑色的。"她的家人和观众们都笑了。

小孙又举起一张红桃7，说："这张牌是红色的还是黑色的？"

女孩声音很低地说："是红色的。"

这次周围都静悄悄的，没有任何声音，好像是怕打扰了女孩的思路。

接着，小孙又举起了第3张牌，这是一张方片3，说："这一张是红色的还是黑色的？"

女孩毫不犹豫地回答："是红色的！"这时她的家人和观众都兴奋地鼓起掌来。小孙继续发力，接连又抽出了三张牌，令人难以置信的是，她总共猜了6次，居然6次全都猜中了！甚至连她的家人都不敢相信女儿的运气有这么好。

接着，小孙举起了第7张牌，这是一张红桃5，他说："我想让你告诉我这张牌的准确答案，是红桃、方片、黑桃还是梅花？数字是几？"

女孩思考了一会儿，信心十足地回答："这是一张红桃5。"她的家人和在场的观众全都屏住了呼吸，大家简直不敢相信自己的耳朵！

这时，按捺不住好奇心的女孩父亲走过来问小孙是在玩魔术还是真的会施展魔法，小孙很淡定地回答："你还是问你的女儿吧。"

于是，父亲走到女儿面前，很佩服地说："宝贝，你是如何每次都猜得这么准确的呢？"女孩微笑着说："这是魔力！"

小孙成功地结束了表演，与女孩一家人热情地握手后，还深情地拥抱了女孩，并留下了自己的名片，然后非常开心地道别。显然，整个晚上，小孙创造了这家人一生也不会忘记的魔力时刻。

但是，故事并没有就这样结束，小孙的神奇魔力一直是大家想要弄明白的。其实，小孙的法宝很简单，就是在桌子底下用脚敲了敲女孩的脚，当答案为"红色"的时候敲一下，当答案为"黑色"的时候敲两下。而且聪明的女孩很快地掌握了这个游戏规则。这个魔术的魔力对女孩的人生产生了重大影响，她成了家人和同学心中一颗耀眼的明星。

几个月过去了，小孙收到女孩寄来的一个包裹，里面有一副用盲字印的牌和一封信。信中除了对他的感谢外，还希望他收下那副盲人牌，以便他能为盲人表演更多的魔术。最后，女孩要求永远保守那个魔术的秘密。

女孩励志课堂

　　爱是没有年龄、性别、身份地位等条条框框的束缚和限制的。爱是平等的，对强者是，对弱者也要有同样的待遇。弱者更需要爱和理解。就像生活中的一些残疾人，如果他们失去了左手，你的鼓励、关怀和爱也许就会让他们感知左手仍然有奋斗的力量。只有这样他们才会健康成长，发挥自己的聪明才智。

美丽成长智慧库

　　如何有礼貌地对待残疾人？

　　残疾人是一个特殊而困难的群体。与正常人相比，他们在学习、求职、工作、生活等问题上会遇到更多、更大的困难。因此，他们比正常人更需要别人关心、帮助、支持和鼓励。你在成长过程中也会接触到残疾人。所以，以什么样的态度对待残疾人，也可以检验出你的爱心指数。

　　首先，要尽量站在残疾人的角度来思考问题。

　　其次，要给予他们应有的、和健全人一样的尊重。

　　再次，要乐于帮助他们。

　　最后，要给他们更多的关怀、更多的支持、理解和宽容。这不仅能体现个人的素质高低，实际上也能体现我们的社会的道德水准。

9. 没有账户的银行存款

　　每次想到有关妈妈的存折那件事，梅果都会禁不住流下感动的泪水。知道妈妈在银行有一笔存款的时候，梅果刚上初中。

　　那时候，家里的一切花销都要靠爸爸每个月微薄的工资，妈妈身体不好，只能在家做一些家务。每个星期六的晚上，妈妈都会铁打不动地坐在擦干净的饭桌前，一本正经地皱着眉头分配爸爸工资袋里的那点儿钱。她小心翼翼地将钱分成好几份儿。

　　"这是这个月的房租。"

　　"这是这个月的生活费。"

　　"梅果的鞋破了，这是给她修鞋的钱。"

　　"妈妈，我的数学本和英语本都用完了，这个星期我还要买几个本子。"梅果提出。

　　妈妈表情严肃地拿出几块钱放在一边。一家人眼看着钱越来越少，似乎生活的压力也不知不觉地涌上心头。每当这时爸爸总是要说："就这些了吧？"妈妈点点头，并且会抬起头笑一笑，轻轻地说："好，这就不需要到银行去取钱了。"原来妈妈在银行里有存款，一家人都引以为荣，这也给了全家人一颗定心丸，有一种暖呼呼的、安全的感觉。

　　转眼间，梅果高中毕业了，她的成绩很优秀，考上了外地一所很知名的大学。爸爸妈妈都替她感到高兴，可是数目可观的学费也让他们感到了前所未有的压力。梅果看出了爸爸妈妈的担忧，于是她决定不去念那所大学了，去念一个学费低一点的专科学校。可是爸爸妈妈坚决不同意，他们说一定会想办法筹到钱。这时候，远在外地工作的小姨听说了这件事，给他们汇来了一笔钱，说是自己对外甥女的

赞助，希望她能努力学习，将来有出息。全家人很感动，梅果给小姨写了一封信表示感谢，还说等自己将来工作以后，一定会把钱还给她。

妈妈和梅果把上大学的各类花销，列了一张清单。妈妈仔细地核对那些写得清清楚楚的数字，看了好大一会儿，然后把小姨寄来的钱又全拿出来数了几遍，但还是不够。

于是妈妈轻声地说："咱们最好不要动用大银行里的钱。"

全家人一致同意。

梅果提出："暑假的时候我可以去打一些零工。"

爸爸提出："我戒烟。"

"好的，大家齐心协力，咱们就不用动用银行的存款了。"妈妈高兴地说。又一次避免了动用妈妈的银行存款。尽管累，但每个人的心里都感到很踏实。

后来，梅果大学毕业开始工作了，再后来她结婚了，有了自己的孩子。这时候的爸爸妈妈都老了，爸爸好像变矮了，妈妈的黄头发里好像也闪烁着根根白发。梅果经常在周末或过节的时候带着孩子来看望父母。

有一次年底发奖金的时候，由于工作成绩优异，梅果得到了一万元奖金。梅果拿着这张一万元的支票交给妈妈，让她存上。

妈妈接过支票，用手捏了一会儿，眼里透着骄傲的神色。

"你和我一起去好吗？梅果。"妈妈问。

"用不着我去，妈妈，就放在您的账户上就行，只要交给营业员，他自然就会存上了。"妈妈抬起头看着梅果，嘴角挂着一丝微笑。

梅果感觉妈妈有话要说，于是就问："妈妈，您没有听明白吗？"

妈妈的表情变得很复杂，待了一会儿说："哪里有什么存款，我活了一辈子还从来没有进过银行的大门。"

此时的梅果明白了一切，泪水情不自禁地夺眶而出。

母爱是世界上最伟大的、最无私的爱。就像这份"银行存款"的背后，同样隐藏着一份母爱和一片亲情，这是一份源于对家人的信任和爱而生成的巨大财富，取之不尽，用之不竭。

美丽成长智慧库

女孩怎样成为一个理财小能手？

现在的女孩都是父母眼中的公主，再加上生活水平的提高，零用钱是从来都不会缺的。但是女孩如何使自己成为理财小能手，对整个人生将至关重要。

首先，要养成储蓄的习惯。储蓄是理财的基础，是培养零存整取观念的一种方式。零存整取则是理财的基本手段。

其次，要知道钱来之不易。要理解父母工作的辛苦，知道什么钱该花，什么钱不该花。

再次，要有正确的消费观念。要从自己的家庭实际情况出发，合理的消费，不要向父母提出能力范围外的条件。还可以利用假期，做些小时工，靠自食其力的方式来生活。这样对正确的消费观念的形成会很有帮助。

10. 贝贝与小猫咪

高考终于结束了，贝贝和好姐妹桃子决定利用这个假期去进行一次野营。她们俩从初中开始就是同班同学，一直很要好，而且都喜欢旅游、野营，经常结伴而行。

这一次野营的地点选在了郊区的一个农场里，时间是一个星期。她们来到农场，租了一间小木屋。第二天一早，还在睡梦中的贝贝突然被一阵阵微弱的"喵喵声"吵醒了。她穿好衣服来到木屋外面，循着声音找过去，透过矮树丛贝贝一眼就看见了它———一只骨瘦如柴的黑色小猫。这只小黑猫看起来已经好久没吃东西了，恐惧和饥饿让它整个身子抖个不停。贝贝看到小黑猫可怜的样子，就转身进屋找了一个熟鱼罐头，放在它看得见的地方。贝贝知道只要一喂它，接下来的一个星期它就会跟定她们了。由于恐惧，小黑猫哼哼唧唧地叫了大约10分钟，尽管很饿，但是依然没敢过来靠近罐头。可见它已经习惯了被附近的游客吼叫驱赶，对贝贝有戒备之心也是很正常的现象。

于是贝贝坐在地上，用很温柔的声音跟它说话，保证一定不会伤害它，而且还会很好地照顾它。

最后，小黑猫终于放下了戒备之心开始小心翼翼地往那罐熟鱼走过去，用最快的速度狼吞虎咽一阵之后，又飞蹿回矮树丛里。贝贝知道它一定还会回来。事实果真如此，就在晚饭的时候它果然回来了。早有准备的贝贝为它备好了晚餐，而且还去附近的杂货店买了一堆猫粮回来。这次，它只考虑了5分钟，便走过来开始享受它的晚餐。桃子不喜欢小黑猫，劝贝贝别多管闲事，可是贝贝却执意要照顾它。

就这样，在接下来的一个星期里，贝贝一直照顾着这个黑色瘦小的朋友。白天，小黑猫陪着她们在阳光下散步。晚上下雨的时候，贝贝就会打开前廊的门，让它有个干爽的地方休息。每天早上起来，贝贝做的第一件事就是去看看那躲在树丛后面偷偷窥视她们的小黑脸蛋儿。桃子不断地提醒贝贝：你想过没有，等我们走了之后，下一个房客很可能又会把它赶走，虽然贝贝不愿意想这件事，但是又不得不面对。

转眼间，一个星期的假期就这样结束了，注定分手的一天终于到来了。小黑猫看到他们收拾行李，就在贝贝的脚边跟进跟出，仿佛在说："请不要走。"贝贝也很舍不得小猫咪，于是她写了一张纸条给下一个住进这间小木屋的人，恳求他们能继续喂这只猫，贝贝把还没有吃完的猫粮也都留给了他们。可是就在走到大门口的时候，小黑猫直挺挺地蹲坐在了贝贝的前面，用那绿色的眼睛直直地看着她，贝贝忍不住哭了。她深深地责备自己，因为自己无法把它带回家，却给了它爱，现在又要残忍地丢弃它……要是一开始就不让它尝到慈悲的滋味，对它可能比较好。

回家之后的贝贝再也没有了小黑猫的消息，不知道它过得如何，她是多么希望有人会继续照顾它。虽然那是很短暂的时光，但是贝贝平生第一次体会到了慈悲的滋味，她一辈子都会记得这个经历。贝贝相信那只小黑猫也会一样，在有生之年，它都会记得：曾经有人爱过它，爱永远不会白费。

女孩励志课堂

善良是一种美德。善良从心，善良为事，会给你的人生增添色彩。能够不着痕迹地表达自己的善良行为是很多平常人难以做到的。慈悲更是一种高尚的情操，是一种宽广的胸怀，它来自人世间最纯真的爱。

美丽成长智慧库

女孩怎样对待身边的小动物？

动物是人类的好朋友，人类不能为了自己的生存，就随便残害它们。如果那样，整个世界将会变得很孤独，整个生态平衡也会被打破。保护动物不仅仅是为了动物，也是为了尊重生命，更是为了我们人类自己。那么，我们应该怎样从小就培养对小动物的爱心呢？

首先，一定要有爱心。你可以根据自己的喜好养一些小动物。饲养小动物的过程也就是积累爱心的过程。动物与人类一样，也是有感情的，时间久了，你就会跟小动物产生深厚的感情，自然也就会喜欢上小动物。

其次，要有一颗同情心。可以组织班级的同学一起来保护小动物。这样，也会增加你对小动物的喜爱之情。此外，学校组织的一些保护小动物的活动，都应该积极地参加。这样，不仅能增长知识，还会增强自己的慈悲之心、感恩之心。

第6章
墨香飞舞——智慧是青春的通行证

1. 我在队伍的第21位

斯斯是一个很独立、很有思想的女孩。她是家中的独生女，父母对这个掌上明珠自然是宠爱有加，尽自己最大能力给她提供最舒适的生活环境。斯斯并没有在父母的宠爱下变得任性、懒惰，她把这种恩宠变成成长的财富，渐渐地成长为一个独立、坚强而又充满智慧的女孩。当她16岁的时候，她觉得自己已经有能力养活自己，不再需要父母的保护了，于是她开始想要自食其力。

在那个暑假将要来临前，斯斯对爸爸说："爸爸，我已经长大了，不能再像以前一样总是伸手跟您要零花钱了。我决定这个暑假打一份零工，自己赚点零花钱。"爸爸虽然对这个在自己眼里还是个小娃娃的女儿充满疑惑、担忧和不安，但是仍然很明智地点头，以示同意。

于是斯斯在报纸的招聘启事中经过仔细挑选，终于找到了一个符合自己爱好和特长的工作。第二天，斯斯按照广告所说早早地来到了面试的地点。但是，当她到达时，前面已经排满了20个求职者，她是第21位。

斯斯心想，如果前面的人都顺利地通过面试，就意味着自己将会失去尝试的机会。斯斯心里开始琢磨怎样才能引起主面试者的特别注

意而赢得职位？后来斯斯终于想出了一个办法，她拿出一张纸，在上面写了一些东西，然后折得整整齐齐，走向了秘书小姐，恭敬地对她说："小姐，请您马上把这张纸条交给你的老板，这非常重要！"

秘书小姐可是一位见多识广的人。如果她是个普通的职员，也许就会说："对不起，小姑娘，你回到队伍的第21个位置上去等吧。"但她没有这样做，她被这个小女孩身上所散发的一种自信、镇定的气质所吸引。她答道："好啊，那先让我来看看这张纸条吧。"秘书小姐看了纸条后，不禁微微一笑，并立刻站起身走进老板的办公室。老板看了纸条也不禁大声笑了起来，原来纸条上写着："先生，我排在队伍的第21位，在您看到我之前，请不要做决定。"

最后斯斯被录取了。

女孩励志课堂

命运掌握在自己的手中，生活也是需要技巧的，就要看你怎么去把握。人生的机遇有很多，就看你是否有足够的能力去争取到、把握住。你发现了机会，就不要让它轻易地溜走，而是要尽一切努力去争取。有时，争取到一个机会也许只需一句话。

美丽成长智慧库

生活中，怎样注意到细节的力量？

细节是一种创造，细节是一种功力，细节是一种征兆；

细节表现修养，细节体现艺术，细节隐藏机会，细节凝结效率，细节产生效益。所以要想比别人优秀，就要把每一件小事做好，把每一个细节做到位。

现代人大多追求的是高效率、快节奏的生活，常常对一些小细节视而不见。要想改变这种不注重细节的现状，首先要从态度上端正。俗话说，细节决定成败。在生活和学习上你只有养成事事追求完美的好习惯，明白细节的重要性，才会从内心深处把细节重视起来。比如在学习中，对于每一个公式、每一个句型、每一个单词都应该力求抓住精髓。其次，要做一个有心人。细节常常被人忽略或者被人们遗忘。所以，要学着做一个有心人，善于发现生活和学习中的问题，及时开动脑筋，发挥聪明才智。只有这样，才会把小事情演绎成经典。

2. 知识是天使的翅膀

一百多年前，马丽出生在一个贫困家庭，她是一个很聪明可爱的女孩，在她的身上出现了奇迹。

记得有一次饭后，姐妹们在一起做游戏，但是小马丽并没有参加，而是拿了一本书坐在书桌旁看了起来。姐妹们都沉浸在游戏的快乐之中。过大的打闹嬉笑声并没有打断马丽，她下意识地用两个手指塞往耳朵，依然专注在看书上。不时的，小伙伴们来找她，她却连眼皮也不抬一下。

这时，小马丽的表姐来了，看见她专心的样子，不禁觉得好笑，

于是就想捉弄她一下。她们搬来几把椅子，在小马丽身后堆成一个塔状，然后悄悄躲在一边，大家都准备看小马丽的笑话。

可谁知道小马丽完全沉浸于书本里，半个小时过去了，竟然对姐妹们的恶作剧还是毫无察觉。

姐妹们等得似乎有些不耐烦了。也正在此时，小马丽刚好读完一本书，想要去换另一本书，她刚一抬头，就听得"哗"的一声，椅子全倒了下来，砸到了小马丽的身上。姐妹们的恶作剧得逞了，大笑着四处跑开。她们原以为小马丽会追赶着打闹起来。跑出了一段距离，她们发现小马丽并没有起来追赶，姐妹们开始担心，难道是小马丽被碰得起不来了？于是大家不约而同地回过头来想看个究竟。让姐妹们吃惊的是，小马丽只是换了一本书，就又坐在原来那个位置上津津有味地看了起来，像没有发生过任何事情一样。大家都面面相觑，不得不佩服小马丽读书的劲头了。

马丽中学毕业后，当了家庭教师。但是，上大学一直是她的梦想。可是，当时家里供她到中学已非常艰难了。

可是她的梦想并没有因为当时的特殊环境而改变。她梦想着能去国外学习物理和化学，她姐姐希望到国外学医。于是，姐妹俩开始一点一点地积攒去国外求学的费用。后来，姐姐先到国外，玛丽亚留在家乡挣钱供姐姐上学。

5年后，姐姐获得了博士学位。马丽终于来到了国外，为自己的梦想而来。因为经济条件的限制，她穿着破旧的衣服，住在简陋的小屋里，饿了经常用面包和茶水填饱肚子。但是，马丽从来没有感觉到苦，她为自己能够走进知识的海洋而兴奋不已。

在大学期间，马丽像块贪婪的海绵，拼命地吸吮着知识的乳汁。图书馆是马丽最经常去的地方，几乎每天都泡在那里，直到闭馆的时间才回家。甚至有一次她忘记了吃饭，饿得晕倒在图书馆里。

回到寝室并不意味着她一天工作的结束，而是要在灯下一直看书到凌晨一两点。冬季，马丽躺在床上休息的时候，常常被冻醒。于是她就爬起来，把自己所有的衣服都穿在身上再重新躺下。虽然生活条件艰苦，学习刻苦也使得马丽容颜憔悴，但是在大学的学位考试中，她以优异的成绩获得了物理学硕士第一名。

此后，马丽并没有满足，仍然孜孜以求，从不倦怠。后来成了著名的科学家。

女孩励志课堂

高尔基说过："人的知识愈广，人的本身也愈臻完善。"可见，知识是一个人从平庸到优秀的阶梯。知识能够开阔人的视野，改变人的命运。勤奋学习，掌握知识，可以使一个人从平庸无为变得优秀而卓越。马丽如果没有对知识的痴迷，就不会取得如此大的成功。

美丽成长智慧库

在学习上，女孩怎样养成吃苦耐劳的精神？

"吃苦"的精神不仅仅在生活上，在学习上同样重要。发扬"吃苦"的精神会对你的成长起到积极的意义和深远的影响。那么，要具体怎么做才会具备"吃苦"的学习精神呢？

首先，要自立。自立不仅仅要体现在日常生活上，在学习上也要有一个很好的体现。要做到独立思考，独立完成。不要总为失败找借口，要做生活的主人，要知道生活只有靠自己的力量才会创造更大的财富。

其次，要勇敢地面对生活中的挫折和障碍。在学习上同样需要敢于面对困难的勇气。当遇到难题时，需要你以乐观的态度积极想办法解决，只有这样才会寻找到困难的突破口，找到问题的解决办法。

总之，成功属于那些有着坚强的意志，不怕吃苦，不甘落后，努力拼搏的人。因为，只有能战胜自我、超越自我的人才会创造生命的奇迹。

3. 爱读书的"小神童"

齐齐的智力从小就异乎常人，3岁时就会算小学三年级的算术题，被大家称为"神童"。5岁上小学后，她用了一年时间就学会了小学六年的全部课程。9岁时，她就完成了高中的全部课程，11岁的时候考上了一所国内排名前五名的大学，而且成绩是该大学那一届录取的学生中最高的一名。

在大学学习时，有一次在课堂学术讲座上，其他同学都正在绞尽脑汁地解答一位教授精心设计的复杂公式，而齐齐却指出该题中有一个错误，这让所有人都为之吃惊。齐齐也因为才华卓绝超群，而被誉为该大学有史以来最年轻的"数学天才"。

13岁的齐齐仅用了两年的时间就结束了大学的生活，她是该大学建校数十年来年龄最小的大学毕业生。但是，她并没有骄傲自满，固步自封，紧接着，她又开始攻读硕士学位。刚满16岁的时候，她就完成了哲学博士的学位论文，并很顺利地通过了论文答辩。

齐齐这一切成绩的取得都是与她从小酷爱读书密不可分的。在大学期间，她也是由父亲每天用自行车接送的，可见，她身上并没有神奇的力量。她之所以能在16岁时就获得博士学位，也是在借鉴前人知识的基础上通过学习取得的，她所拥有的知识不是与生俱来的，而是靠后天的勤奋努力，对知识的孜孜不倦的追求才取得的。

女孩励志课堂

读书可以开阔人的知识视野，可以启迪人的智慧。爱读书的女孩有智慧、有才能，她们能更好地改变自己的人生。书籍是人类文明的遗产，是人类精神的食粮。通过读书，可以增长知识和才干，使自己的生活变得更为充实。所以，要像齐齐学习，做一个爱读书的优秀女孩。

美丽成长智慧库

怎样养成爱读书的好习惯？

读书，是接受知识最快捷的方式。一本好书可以为你提供为学、为人、处世的原则。一个人的生命是短暂的，追求名利只能满足短时间的欲望，唯有读书能让你享受到长久的快乐。那么，女孩怎样做才能养成爱读书的好习惯呢？

首先，应该明确读书的重要性。要明确自己为什么要读书，读书会给自己带来什么样的好处。只有要读书的意识才会自觉地去读书。

其次，要掌握读书的方法。读书好，读好书。要有选择地读，才会收到事半功倍的效果。读书也要掌握一定的方法。如选择性地读，边读边想象或思考，遇到好词精彩句段及时摘抄甚至背诵下来，遇到问题主动请教别人，学会借助工具书阅读等。

4. "读书大王"的秘诀

小珍是一个很喜欢读书的小女孩。在上小学的时候，学校图书馆里的书，尤其是科幻小说，早已经被她一一读完。父亲给她买了一套《儿童百科全书》，她也很快就读完了。家人和同学们都感到惊讶和佩服，称她是"读书大王"。

后来竟然到了在小珍的身边找不到她没有看过的少儿图书的地步，不能不说她创造了一个奇迹。但是，小珍在知识的海洋里仍然没有得到满足，当少儿文学已经不能满足她求知的欲望时，她就开始读古典名著。《红楼梦》《三国演义》等都成了她的读物。当把手上的书全部看完后，她便向字典进攻。据说，这期间她平均每星期能读20本书。

还有一点，不得不让大家佩服，小珍在读书的时候并不是囫囵吞枣似的，虽然阅读速度惊人，但是读过的内容基本都可以记住。其实能做到这一点的方法很简单，那就是她读书的时候能做到专心致志，能够身临其境地遨游在知识的世界里，这是很多人都做不到的。

小珍在不满15岁时，就被一所知名大学录取。几年后，小珍轻松地获得了学士学位，又顺利地获得了美国哈佛大学法律学院深造的资格。

小珍之所以被称为"天才"与她的求知欲、好奇心是分不开的。尽管她的记忆力很好，如果在读书时不能够专心致志，也不会有如此大的成就。读书是获取知识最有效的渠道。读书可以开发人的大脑，使人变得越来越聪明。

美丽成长智慧库

女孩如何养成专心致志读书的好习惯？

在读书上专心显得尤为重要。作家易卜生说："读书不能囫囵吞枣，而要从中吸收自己需要的东西。"只有专心致志，才能从书中汲取知识的营养。那么，应该怎样养成专心致志读书的好习惯呢？

首先，要激发你的学习兴趣。兴趣的发展和表现，往往是你的天赋和素质的先兆。要想点燃学习的火焰，那就应该做到：增强学习快感，培养直接兴趣；明确学习目的，培养间接兴趣；利用好奇心，培养学习兴趣；创立有利于学习兴趣培养的外部环境。

其次，要养成主动学习的习惯。主动探索，大胆质疑，不要被父母太多的不必要的"不准"所束缚；在学习的时候，要能坐的住板凳，不要定不下心来。

5. 勤奋是成功的阶梯

罗微曾经是个很可怜的小女孩，在童年的时候父母双亡，后来被养父养母从孤儿院接回了家。本以为可以从此过上幸福的生活，谁料到养父的生意破产，所以她的童年是在忧愁中度过的。

悲惨的命运一直伴随着她成长。由于养父养母没钱供她上大学，高中毕业后她便开始在外面打工。22岁时，她交了一个男朋友，半年后就结婚了。

刚开始日子过得还可以，虽然经济条件一般，但丈夫对她还算不错。可是当她的第二个儿子出生后不久，她的丈夫便抛弃了她。这使本来就很悲惨的罗微陷入极度的沮丧之中，一度失去了活下去的勇气。可为了两个儿子，罗微还是坚强地活了下来。带着两个孩子生活的艰难是可想而知的。

母爱的力量是伟大的，罗微决心不能让两个孩子的一生也像自己一样悲惨。她要改变他们的生活状态，寻找新的出路。经济的窘迫虽然使两个孩子从小就无法接受正规教育，但是她对孩子的要求非常严格，她要求他们每周只能看两次电视，其余时间必须用来读书。因为罗微心里明白，勤奋读书是改变孩子命运的最有效的办法。为了督促孩子用心读书，她要求他们每周把读过的书复述出来，并写出读书心得念给她听。

就在这样春去冬来的轮回中，罗微一家人的生活状态在不断改变。她的两个儿子都考上了大学。更幸运的是，两个孩子都被重点大学录取，并获得了奖学金，学费这块石头在她的心里也算着了地。

几年后，大儿子小国大学毕业了，成为了一名工程师。又过了两年，小儿子小庆也大学毕业了，成为了一名儿科医生。

两个儿子的人生在罗微的帮助下有了翻天覆地的改变，而且她还从儿子的身上学到了人只要勤奋、勇于付出就会有回报的硬道理。她确信自己的人生也能够通过教育得到改善。当她的两个儿子升入大学深造之后，她也回到学校，接受初级教育课程。这在当时很不被人理解。但是坚定的信念再加上两个儿子的帮助，罗微在阅读和写作能力方面有了很大的提高。由于接受了教育，获得了新的知识，最终成为了一名室内装饰专家。

女孩励志课堂

培根说过："知识就是力量。"的确如此，知识是一笔无价的财富。罗微一家人的变化就是知识给带来的。她验证了知识的力量。正如高尔基所说："书籍使我变成了一个幸福的人，使我的生活变成轻松而舒适的诗。"所以，一定要重视知识的力量。但是，获取知识也是有条件的，勤奋好学是获取知识的最基本的条件。

美丽成长智慧库

女孩如何养成良好的学习习惯？

古语云："书山有路勤为径，学海无涯苦作舟。"勤奋离不开虚心好学，但是学习本身是一件很枯燥的事。只有真正地学进去，才会感到学习的无穷乐趣。说到底，学习是自己的事情，光靠外力是不行的。那么，女孩应该怎

首先，要能说到做到，坚定不移。要想成功地做成一件事，没有恒心和毅力是不行的，学习也不例外。一旦定出目标，就要行动，并要力求达到你所定的目标。

其次，要有自我约束力。抵挡不住诱惑，就算你心中有理想、脑中有打算，也只会让自己的计划一次次成为泡影。所以，想要养成勤奋学习的好习惯，就要能管得住自己。

再次，要掌握学习的效率。学习效率是学习的重要环节。要想真正地把知识掌握到自己的头脑中，时间不是最关键的，而是要能在有限的时间内掌握更多的知识。

6. 从丑小鸭到白天鹅的蜕变

正所谓人无完人，吴丹虽然相貌平平，而且还身材瘦小，但是她从小酷爱读书，再加上勤奋好学，成绩一直很优秀，是老师和同学心中的宠儿、众人羡慕的对象。每当同学们有不会的题向她请教的时候，吴丹总有一种无比的优越感。

吴丹中学毕业后以优异的成绩考上了重点大学，当时她感到非常地幸运，父母也格外地高兴和自豪。不仅如此，她还成了街坊邻居们茶余饭后谈论的话题、教育自己孩子的正面教材。

但是入学没有多久，吴丹就在学习和生活上感到了力不从心，她不适应在大学的学习和生活。例如，老师讲课时很多地方她都听不懂；她说话带有家乡口音，成了同学们经常嘲笑的对象。因为语言方面的障碍，大家都知道的事她却不太了解，她的一些看法其他同学又觉得幼稚、好笑。

总之，吴丹感觉自己处处不如别人，事事不顺心，自己好像是天鹅群中的丑小鸭，是校园里最不起眼的人物。她以前的优越感荡然无存，取而代之的是自卑懦弱。于是，她很想家，很怀念高中的生活，因为那里没有人会嘲笑她，大家对她都是宠爱有加。

从一个人人宠爱的公主，突然变成万人嘲笑的丑小鸭，吴丹的心里有这样的转变也是很正常的。多年来，吴丹唯一自信的就是自己爱好读书，学习成绩优秀。可是现在，全国各地的精英学子都齐聚在这里，她心里再也没有那种优越感了。

心情沉淀下来的吴丹仔细思考自己的处境和行为，她深深地感到，抱怨没有任何益处，叹息也不会起到什么作用。于是她下定决心，决不能就这样倒下，而是要从头再来，更加努力，一定要使自己的学习成绩位居班级前列，以此来证明自己是最棒的！

从此，吴丹又恢复了从前自信的样子，她再次全身心地投入到学习中。付出终有回报。经过一年多的刻苦努力，她终于如愿以偿了，考试成绩名列前茅。吴丹又重新获得了自信，同学们的目光也由原来的嘲笑和轻蔑变成了羡慕和钦佩。

女孩励志课堂

吴丹是一个成功的女孩，她能在面对逆境的时候不退缩，终于由逆转顺，战胜自卑，重获了自信。其实这个功劳应该归功于读书的力量。古人云："腹有诗书气自华。"只有在读书中完成从"丑小鸭"到"白天鹅"的升华，才能更好地抓住自己的人生财富。

做个阳光上进有出息的女孩

女孩怎样做到与书为友？

书是一种很好的精神食粮，它可以给人创造财富，也可以使人调整心态，还会使人奋发向上。

书对人类是如此的重要，那么女孩应该怎样做，才能使它成为自己的好朋友呢？

首先，爱惜图书，保持图书整洁。你只有爱书，书才会爱你。所以，要想与书成为好朋友，就要爱护图书，这是最基本的美德。

其次，善于利用公共资源。例如，可以办张借书证，既经济实惠，又能给自己带来更多的选择。

再次，不管看什么书都不能半途而废。既然把书当成了朋友，就不要随随便便地把它丢掉。任何一本书都有它的系统性。如果每次看书都东翻翻、西看看，则很难领会书中的精髓，更体验不到完整地读完一本书的快乐和成就感。久而久之，就容易丧失阅读的兴趣。

7. 守住诺言就会迎来成功

20世纪50年代初，在一个小城镇上，一个十来岁的可爱的小女孩抱着几本书来到图书馆的柜台前。当图书管理员对这个熟悉的小女孩所借的一本书盖戳时，小女孩被新书展台上女作家珍珠的一本新书深深吸引，于是便对管理员说："我长大以后，也要当一个作家。我也要写书！"

管理员看着这个可爱的小女孩，微笑并鼓励地说："如果你真的写了书，请把它带到我们书馆来，我会把它放在新书柜台上展示的。"

没想到小女孩一本正经地说："我一定会的！"

这个小女孩在初三时，就有了自己的第一份工作——撰写简短的个人档案，她每写一份档案，地方报社就会给她1.5元。但是对她来说，这个报酬的吸引力远比不上让她的文字出现在报纸上的吸引力大。

高中时，她就开始负责编辑校内报纸。

再后来，这个女孩结婚了，有了自己的家庭，但是写作的欲望一直在她的内心深处燃烧。她先是找到了一份兼职——为一所学校编辑周报。接着，她又经过努力到了一家大报社工作，开始尝试编辑杂志，但是依然没有开始写作。

又经过几年的沉淀，她突然感觉到自己有话要说，于是终于开始了创作。完稿之后，她把作品投递给两家出版商。但事情并没有像她预想的那样顺利，稿子遭到了对方的拒绝。于是，她悲伤地把书稿丢在了一旁。

但是，她一直没有放弃作家的梦想，继续着写作。当她完成另外一部书稿时，已经是几年后的事情了。她把先前被退回来的稿子又拿了出来，同这部书稿一起，很快就找到了出版商。出书的速度要比报纸慢得多，两年的光阴就这样过去了。

终于有一天，她收到了出版社寄来的包裹。打开一看，泪水无声地流了下来，等了这么久，她的梦想终于实现了！

当然，这个女作家没有忘记她对图书馆管理员的承诺。正是这份承诺的支撑她才实现了作家的梦想。她在高中毕业后30年校庆时回到了小镇。站在母校图书馆的海报栏前，她看见海报上写着："欢迎你归来，姜米！"

女孩励志课堂

英国作家罗·阿谢姆说过，"一个榜样胜过书上二十条教诲。"可见，榜样的力量是强大的。一个人光有梦想是不够的，还需要有前进的动力，而榜样就会给你动力的支持。榜样具有良好的感染力，人们也都会有向成功者看齐的愿望。

美丽成长智慧库

女孩怎样树立心中的榜样来激励自己？

纵观历史，但凡有所作为和成就的女性往往在小时候都有自己钦佩的榜样。崇拜者可以通过向他们学习，对照自己的行为，来改掉自己的不良习惯，培养自己追求梦想的决心。那么，女孩怎样选择榜样并为自己的成长起到激励的作用呢？

首先，要契合实际找对自己的榜样。榜样的选择是一门很深的学问：选对了会对你起到激励的作用，甚至会改变你的人生；如果选错榜样，很有可能会适得其反。所以一定要冷静、客观地选择自己的榜样。

其次，要有坚定的信念和持久的行动。光有理想不行，找到适合自己的榜样也是远远不够的。如果不付诸行动，就只能是空洞的意念。所以，只有脚踏实地地为自己的梦想而努力，用榜样的力量来激励自己，才会取得成功。

8. 要大胆开发自己的兴趣

菲儿和很多女孩一样，很爱幻想。这种幻想同时也激发了她读书的兴趣和动力。在3岁的时候，她就能对书里的内容过目不忘，而且对数学表现出了超常的兴趣；5岁的时候，就能口算100以内的加减法。每天下午，她都会独自沉浸在奇妙的数学世界里，很享受地反复计算一些加减题。

菲儿第一天上幼儿园的时候，并没有被那里吸引，原因是感觉那里很单调。不久，幼儿园教学走向了正轨，老师开始教她认字读书，菲儿直到这时才开始表现出兴奋，读书的劲头儿是小朋友中最足的。渐渐地，菲儿就完全沉浸在了知识的海洋里。这为她插上了幻想的翅膀，同时也激发了她的好奇心。

一次，母亲让她去倒垃圾。菲儿走到楼下，呆呆地望着天空，飘动的云朵和灵巧的飞鸟吸引了她的注意力，她幻想着自己踩在鲜花丛中，像云彩般地飘到霞光里，风儿围着她翩翩起舞……最后她竟然把忘记倒掉的垃圾又带了回来。由于过分的专注，类似这样的事在她身上经常发生。

随着累积的知识越来越多，菲儿探索天空奥秘的兴趣也越来越大。她经常望着蓝蓝的天空出神，常常是母亲大声叫她吃饭了，她才缓过神来回家。

一天，菲儿很兴奋地说："妈妈，我想到天上去玩一玩，看一看那里的世界与我想象中的是不是一样。"她经常向妈妈描绘自己脑海中的一幅景象：在辽阔高远的天空之外，还有另一个奇异的世界，那里的人们组建了一个欢乐的大家庭，天空闪烁着无数的星星。春天，人们用花朵盖房子；夏天，人们在天河里戏水；秋天，人们坐秋风旅

行；冬天，人们用雪花做棉衣……

　　尽管菲儿在追求梦想的道路上不是一帆风顺，但是她怀着对天空无限地幻想和对探索宇宙奥秘的极大兴趣，坚持着自己的梦想。终于在许多年以后，成为了一名天文工作者。

女孩励志课堂

　　菲儿的成功告诉我们这样一个道理：要想让自己卓越非凡，就一定要对未知领域的知识保持无比热爱，这才是学习的最大动力。要从小培养严谨的科学态度和创新精神，这是从事任何科学研究都必须具备的素质。

美丽成长智慧库

　　女孩怎样激发兴趣，选择自己喜欢的学科？

　　培根说过："对于最不喜欢的学科，就要强迫自己遵守固定的时间。但是你所爱好的学科，就不必如此，因为思想会自然带着你向前跑去的。"其实人的精力是有限的，不可能各个方面都优秀。既然如此，我们可以在某一方面有超常之处，如果能够及时准确地得到开发，就会创造奇迹。

　　选择自己喜欢的学科要从兴趣出发。兴趣是人生最好的老师。没有兴趣的学习会很枯燥乏味，甚至会把学习当做一种负担。

9. 机遇就在你注意的瞬间

知识是一笔不可估量的宝藏，它不会挑选人的性别、年龄、身份、地位等。只要你有一颗敢于挑战知识的心，就会发现机遇，创造财富。说起玩具，大家首先就会想到孩子。但是如果对于一个45岁的妇女来说，玩具娃娃似乎已经太老了。可这对于快乐的罗兰来说却是一个历史性的开始。

罗兰在她45岁的时候创办了一家玩具公司。在这之前，她曾经做过小学教师、电视台记者、教科书的撰稿人以及一本小杂志的出版商。中年的时候她却很不被人理解地向儿童玩具业进军。然而，她的这一举动不仅使她成为了小女孩心中的英雄，更让她成了一位玩具业的巨人。

大多数人都会认为，小女孩在超过6岁后就会抛弃洋娃娃，但是罗兰并不这么想，她认为7～12岁之间的女孩是一个被玩具商忽视的消费群体，而这里面蕴藏着巨大商机。于是，罗兰开始对这一年龄段的女孩下工夫，全面推出面向这一年龄段女孩的玩具娃娃和书的配套产品，此产品推出后，成绩斐然，此套玩具以8200万个娃娃和700万本书的销量成为市场上仅次于芭比娃娃的第二大畅销玩具。

读到此处，人们不禁会对罗兰的创业史感兴趣。其实，她的创业经历是这样的：1984年，她和丈夫参加了一个传统活动。在活动的时候，罗兰坐在高背长椅上。她知道一些名人到过这里并发表过演讲……这一切深深地吸引着她，使她情不自禁想，学校传统的历史课教育是一件多么乏味的事情，如果能让更多的孩子亲临这活生生的历史教室该是一件多么幸福的事。于是，大胆的想法在她的脑海中油然而生，她想着自己能在这方面做些什么。

在那个儿童节，罗兰想给自己8岁和10岁的侄女每人买一个布娃娃。出乎意料的是，补丁娃娃充斥了整个儿童节市场。罗兰觉得这类布娃娃的样子很丑，而芭比娃娃又不是她想要的那种。她相信那个儿童节她不是唯一感到失望的妇女。

这时，罗兰的脑海里突然冒出了一个念头。她立刻给最亲密的朋友写了一张明信片，让这位朋友为9岁的女孩制作一套讲述不同历史时期的图书，同时配备穿着不同时代服装的布娃娃，或者是一些能够让孩子们演出的附属玩意儿。

罗兰是一个敢想敢做的人。当这个想法定下来以后，她就用一周的时间制作了一份包括系列图书、娃娃服装样式、生产线等规划内容的商业计划书。这一个新颖的商业创意果然取得了巨大的成功。在接下来的4年里，这个品牌玩具只凭借邮寄广告目录和口口相传，价值就上升到了无与伦比的地步。

罗兰并没有就此满足。为了提升品牌影响力，罗兰和她的玩具公司又推出面向年龄更小的女孩的婴儿娃娃和配套图书，还根据孩子们的要求创作出更时髦的娃娃、杂志以及讲述怎样人际交往等知识的书籍。又是5年的光阴过去了，玩具公司的营业额每年增长着，最终罗兰只用了仅仅几年就成为了亿万富翁。

女孩励志课堂

机遇总是会垂青那些有头脑、有准备的人。其实，生活中到处都蕴藏着机遇，就看你有没有一双善于发现的慧眼。罗兰就是一个能用知识武装头脑，并能够充分发挥自己聪明才智，提高自己发现和把握机遇的能力的人。这也使她变得越来越优秀，最后成为了亿万富翁。

女孩怎样掌握获取知识的方法？

获取知识需要讲究方法，方法不同收到的效果也不一样。那么，需要掌握哪些科学的获取知识的方法，才会使自己在这个竞争激烈的社会能够独占鳌头呢？

首先，要学会讲故事法。故事具有情节，而且形象生动，能够促使你产生丰富的联想，激起你对故事情节的深究。这样对知识的把握会很清晰和戏剧化，不会有枯燥的感觉。

其次，电视引发法。电视是获取知识的一个有效而直接的手段。现在的电视节目丰富多彩，你可以选择一些根据名著改编的连续剧，或根据著名童话、寓言、传说改编的动画片等观看，然后拿来这些名著的通俗读物和连环画阅读。这样就能进一步理解，从而引发阅读的兴趣。

再次，环境熏陶法。环境是获取知识的一个不可或缺的环节，它会潜移默化的影响人和造就人。所以，有时间应该经常到书店或者图书馆走一走，看一看，这样会让你了解知识的力量，理解书籍对人们生活的作用和意义。

10. 自由是一种快乐的学习

学习的本身是一件很枯燥的事，但是有的人却能在其中寻找到乐趣，甚至乐此不疲。有一位女科学家就是一个能快乐享受学习的人。

　　小的时候，这个女孩正在学习时，突然被母亲端来的满满一盘草莓吸引了。她禁不住草莓的诱惑，于是就跟着母亲进了厨房。

　　母亲把草莓洗干净，取了一块干净的纱布将一部分草莓包了起来，然后用手使劲一挤，红红的草莓汁就从她的手指间流了出来。一直站在旁边等着吃草莓的小女孩看到这种现象吃意全无，突然大叫："妈妈，我知道血是从什么地方来的了。"母亲当即一愣，然后被女儿的行为弄得大笑起来。尽管小女孩的发现是错的，但还是得到了母亲的夸奖，并且把她的发现告诉了她的爸爸。

　　小女孩的父母对她的成长可谓是细心呵护。他们特别注重激发她最原始的智慧，给她充分的自由发展空间。就连她不想上学了，父母也表示支持。她的父亲还明确告诉老师不得向他的孩子布置家庭作业，因为父亲认为她每天在学校6小时已经够多了，应该把更多的剩余时间留给孩子到大自然中去玩。

　　小女孩的父母希望她得到的是学习方法，以提高自身素质，而不是背过了多少知识。所以，当其他学生都在学校按部就班地接受老师和课本上的现成知识的时候，小女孩却请求老师让她自己去寻找答案。当每次享受到思考的乐趣，她都会很情不自禁地说："那真是一种快乐啊，整个寻找答案的过程都充满了快乐。"

　　在快乐中成长起来的她进入了实验室，正式开始了她的学术研究。因为她的理论与传统的大学毕业生观念背道而驰，遭到了人们的怀疑。然而，科学理论毕竟是科学理论。随着学术的进一步发展，科学家们在很多实验都逐渐发现了许多与她提出相同或相似的现象。

　　最后，在女科学家极具创造力。不屈不挠地研究后，终于取得了该领域第一位独立获得的国际大奖。

能用知识武装头脑的人是聪明的人，是有远见的人，是具有宽广胸怀的人。所以说，能够掌握渊博的知识会使自己变得明辨世事，能够丰富自己的内涵，提升自己的人生价值，使自己的生活变得更有意义，人生也会变得更加精彩。

美丽成长智慧库

女孩怎样做到敢于质疑？

古人云："学贵有疑，小疑则小进，大疑则大进。""学起于思，思起于疑"。有了疑问，才能有效地调动探索的欲望。那么，女孩要怎样做到敢于质疑呢？

首先，要创造良好的基础。质疑是建立在丰富的知识和认真思考的基础之上的，绝不是无端的猜疑和随便的怀疑。所以，在质疑之前要努力学好各方面的文化知识，为自己能够大胆质疑奠定坚固的基础。

其次，要善于发现问题，提出问题。你只有开动脑筋去想才会发现问题。发现了问题就要敢于提出。这是一种质疑精神，是值得鼓励和认可的。

再次，要能独立思考问题。只有能够独立思考问题，才会发现问题，提出自己的疑问，也才会解决问题。

第三篇 气质修炼——德才双馨的女孩最美丽

11. 知识要有用武之地

马文是一位很具有影响力的知名企业家。很多生意人都乐于听她讲述经营之道和绿色理念。但是令人惊讶的是，这个很有知名度的大老板却只有11岁。如此小的年纪就已经事业有成，她的成功有着怎样的"秘诀"呢？

忙碌了一整天的马文来到银行，在存款柜台前排起队。轮到她的时候，她踮起脚，下巴靠在柜台上，要求营业员出一份账目报告。

马文拿到报告后看了一眼，略加思索后说道："投资基金行情继续看跌，但会上涨的。市场就是这样。"如此沉着的判断不会让这个小小年纪的女孩在生意场的风风雨雨中惊慌失措。因为她是一个目标明确、追求执着、年少老道的企业家，一个11岁的小"人精"。而且她还在业界提出了一个全新的理念——绿色资本主义。

这个理论的提出源于许多年前圣诞节后的第二天，马文看到垃圾箱里到处都是被人丢弃的易拉罐，一个新的想法在她的脑海里诞生了，那就是把这些废弃物好好地利用起来。于是，她将这些易拉罐拾进袋子，对父母说是要卖给工厂进行废物利用，还可以赚钱。这个小小的企业家下午3点放学后就开始捡拾可以回收利用的物品。从易拉罐、钥匙到旧马达，都在她的回收范围之内，然后再把它们运到金属回收工厂。每100千克工厂会付给她350元。然后，马文再把钱存入银行。

从那时起，马文就学会了一句至今仍念叨不停的口头禅："你是否知道一个易拉罐要200年才能分解掉呢？"每次做报告，她都会说这句话。

小小的马文走上主席台，站在同她一般高的讲稿架后，很大方地向听众们注目一笑，说道："我叫马文。我想请大家帮个忙。"随后，她开始讲述她的经历和她"治疗世界"的梦想。每个听众都会被马文的精彩演讲所折服，纷纷踊跃慷慨解囊。每当谈起马文，母亲都会骄傲地说："生意场上这种表达诚意的战术，她6岁时就学会了。"

马文经常给富豪们讲授如何使资产增值，在动物保护组织和环保协会募捐活动上发表精彩演说，号召大家为穷人献出一片爱心。

动物常常是女孩的宠物，马文也不例外。她最大的愿望是修建一个"动物之家。"马文是一个充满自信的人，她很有信心去做事。但是马文很谦虚，从来不会被荣誉蒙蔽双眼，时刻保持着清醒的头脑。

马文还是一个好交好为的人，她的朋友已遍布天下，因此经常会收到来自许多国家的朋友邮件。在学校，她更是出类拔萃的六年级学生，经商之余也泯灭不了孩子的天性。她也爱玩耍，和学校的小朋友、妹妹杰杰以及小动物纵情嬉戏。

我们来看看马文公司利润分配：10%作为自己的打工酬劳，50%用于投资环保基金，30%捐赠给53家慈善组织，余下的10%用于日常开支。

但是很多人质疑，肩负如此重任的一个11岁女孩能否健康地成长。而马文却说："生活的意义在于为有所作为而忙碌。"如此经典的论调，让人们既看到了一个天真可爱的小女孩，又看到了一个成功的企业家！

女孩励志课堂

学以致用才是硬道理。要把所学的知识运用到实践中去。马文这个年仅11岁的企业家能够成功，除了她的天赋之外，还有就是她能把所学的知识应用于创业，确立经营的理念，制订经营目标，解决实际问题。所以，不论你将来从事什么工作，只要勤奋努力，把聪明才智用于所从事的事业上，就一定能够做出成绩。

女孩在学习中怎样做到学以致用?

学习的最终目的就是要用,用它来指导自己未来的生活。光学不用只能算是"零"。那么女孩怎样做到学以致用呢?

首先,在广泛"涉猎"的同时,要经常注意读报,收看电视和收听广播新闻,或浏览网页,养成关心时事的良好习惯。这样会给自己创造机会,拥有一双善于发现的慧眼。

其次,读书的同时注意思考。如果只注重理论知识,慢慢地就会与实际相脱节。所以,要注意读那些现实性、指导性强的书籍,把书本和实际生活联系起来。

最后,要在掌握理论的同时,注意养成经常动手的习惯,通过亲自实践来印证或修正、补充和完善理论,使理论转化为实际工作效果。

第7章

俏手灵心——好习惯决定好人生

1. 一本书改变了可心

可心长得漂亮，而且很招人喜爱，但是她有一个坏习惯就是很邋遢，所以同学们经常叫她"粗心的可心"。放学回家后，可心经常到处乱放东西，上学的时候也总是丢三落四，妈妈只好在她上学后帮她清理"战场"。

妈妈经常提醒可心，从小要养成细心的好习惯，因为这样粗心不仅会影响学习成绩，长大后还会妨碍自己的事业发展。可是，可心却不以为然，对妈妈的教导充耳不闻。

一个周末，可心正在楼下的小公园里看书，好朋友安安来找她，说："可心，我上次借给你看的《一千零一夜》画册，都这么多天了你也早该看完了吧，可以还给我了吗？"

可心说："看完了，我给你找找。"

于是可心急匆匆地赶回家，迫不及待地问正在做家务的妈妈，"妈妈，上次拿回来的画册放在哪里我现在记不起来了。"

妈妈说："不是一直在你的房间里吗？"

"哦！我知道了。安安你等一下，我马上拿给你！"可心担心自己弄丢了，安安会生气的。于是她急忙来到了自己的房间。可是不幸

的一幕发生了,她看见宠物狗淘淘正在撕咬那本画册,而且前面几页已经被它咬烂了!

"啊,怎么会这样?这本书可是我姑姑送给我的生日礼物!"安安很生气地对可心喊道:"可心,你也太不爱惜别人的物品了!"说完,安安哭着跑开了。伤心的可心也忍不住流下了眼泪。

这时,妈妈从厨房里走出来,安慰可心说:"你是不是把画册放在了淘淘可以够到的地方?以前妈妈不是提醒过你很多次了吗?好了,我去买一本新的还给安安吧,但是这次的教训一定要吸取,以后不能这么粗心了!"

自从这件事之后,可心变了,做事也比以前细心了。安安对可心的改变也感到很高兴,并且原谅了她,她们又开始变得形影不离起来。

女孩励志课堂

有的女孩在生活中做事马虎,这是一个很不好的生活习惯。但是很多女孩对这个毛病并不以为然,其实这是未来生活中的一个很大的隐患。很多事情的失败都是马虎、粗心所致。所以,我们做任何事情都来不得半点马虎。女孩的天性就是思维缜密、情感细腻。所以,养成细心、认真的习惯对于将来的发展非常重要。

美丽成长智慧库

女孩如何改掉马虎的坏习惯?

人们常说:"千里堤坝,溃于蚁穴。"看似马虎粗心的小毛病，其实会是一个大隐患。那么，粗心的女孩应该怎样及时改掉这个毛病呢？

一是从观念上要重视，要改变那种"不是不会，只不过是马虎"的思想。我们应该都会有这样的经历，当考试考不好的时候，常常会说，"这道题我本来会做，只是马虎了。"其实这只是掩饰错误的一个借口。马虎的习惯一旦养成就会很难改。况且，总出错，也不能算真会。

二是要想克服马虎的习惯，就要从根源上入手。马虎这个坏习惯的形成有着多方面的原因：有的是性格问题，有的是态度问题，有的是熟练问题，有的是认识问题。所以，解决马虎问题必须对症下药，根据产生马虎的原因，有针对性克服。

三是要从思想上认识到马虎的危害性。马虎这个习惯一旦养成，在做事中就可能带来严重的后果。所以，只有在思想上引起足够的重视，进而转化为实际行动，养成认真、仔细的习惯，做事情才会达到事半功倍的效果。

2. 每一分钱都来之不易

沈眉如今已经是一位身价上千万的女富豪了，她自己在经营着一家外贸进出口公司。但是，如今她还在开着一辆十年前买的普通轿车，身上穿的也是网上淘来的衣服，购物时经常光顾折扣店，理发也只是去一般的小理发店，出差时总是尽可能和女同事住一个房间，而且宾馆的档次也都是中低档的，外出就餐时，她也经常会选择家庭式

的餐馆……

沈眉在圈内是出了名的节俭，大家对她的节俭都很不理解。但是从她的成长经历中或许可以找到原因。

沈眉出生在西部贫困山区的一个小县城里，父母都是农民。这样的成长经历造就了她努力工作和节俭生活的习惯。

沈眉经常对公司的员工这样说："当发现地上有一分钱时，绝大多数人不会弯下腰，但我一定会把它捡起来。"因为在沈眉的世界里，她从小就体会到了每一分钱的价值，深知每一分钱的来之不易，每一分钱都凝聚着汗水和辛劳。节俭的信念在她的意识中生根发芽。多年来她始终保持着相当简朴的生活，与一般中产阶级家庭的生活水准几乎没有差别。沈眉坦言，她虽然不指望她的子孙将来为上学去打工，但是如果只为追求奢华生活而不去努力工作，那么即使在她百年之后，遗产会全部捐给社会。所以，她经常告诫她的后代们："你们最好现在就打消追求奢华生活的念头。"

有一次，一名员工被沈眉派去租车，但是很快她又叫他退租。原因很简单，因为她不愿租用任何一种比小型汽车更大的汽车。在她的眼里这是一种很不负责任的浪费行为。员工对她的行为已经习以为常了，他们常常这样评价她："沈总不愿意让人看见她用的东西比属下用的更好；她搭乘飞机时，也只买经济舱。但是有一次，沈眉要去欧洲出差，因为票很紧张，下属只买到了头等舱票。当时她很不高兴，但是对于已经约定好的事情也不能言而无信，没有了选择。她依然又让员工去了一趟飞机场问票的情况，结果最后只剩一张票了。无奈之下，她只好坐头等舱去了。"她的助手说："这是我知道的她唯一一次坐头等舱的经历。"

后来，沈眉在自传中写到："我从很小就知道，用自己的双手挣取一块钱是多么地艰辛，而且也能深深地体会到，当你这样做了，这是值得的。有一件事我和爸爸妈妈的看法一致，那就是绝不乱花一分钱！"

节俭是一种美德，也是一种良好的品质。卢梭说过："舒适的享受一旦成为习惯，便使人几乎完全感觉不到乐趣，而变成了人的真正的需要。"所以节俭是生活的一剂良药，它会约束你的生活，提高生活质量，创造生命中的财富，甚至会影响你的一生。

美丽成长智慧库

女孩怎样养成节俭的生活习惯？

节俭是中华民族的传统美德。但是现实生活中，很多女孩虽然家庭并不是很富裕，却养成了"炫富"的坏习惯，这对女孩的成长是很不利的。那么，具体怎样做才能养成节俭的习惯呢？

首先，要在思想上认识到节俭的重要性。节俭是人类一切美德的基础。没有勤俭朴素的美德，其他任何高尚美德的树立和养成也就无从谈起。所以，我们应该自觉树立勤俭节约的生活态度，逐渐养成勤俭朴素的生活习惯。

其次，要树立正确的金钱观。我们一定要懂得金钱来之不易，也要明白金钱不是万能的。时刻记住："谁知盘中餐，粒粒皆辛苦"，严格要求自己，珍惜食品、玩具、水、电等，还要做到花钱不攀比，不摆阔，从内心上灌输节俭的美德。

3.思考与实践创造奇迹

小茜的父母都是考古学家，他们经常去古迹旧址进行考古挖掘工作。耳濡目染的力量是巨大的，在小茜还是一个小女孩的时候，就受到父母的影响，对考古方面充满了好奇心。

高二暑假那一年，小茜的父母去洛阳进行考古工作，他们此行的工作任务是考察和挖掘唐代一个皇室宗亲的大型墓群。小茜征得父母的同意后，和他们一起踏上了征程。

当爸爸妈妈和其他考古人员在挖掘现场仔细地清洗文物碎片时，小茜一步也不离开，仔仔细细地在一旁观看。随着现场挖掘工作深入细致地进行，一个唐代皇室宗亲的奢华文明活生生地展现在了大家面前，小茜无比兴奋。

唐代建筑艺术的特点是以壁画为主体，小茜自告奋勇地提出要帮助父母绘制其中的一幅壁画。父母告诉她，有专门的考古人员负责这项工作。不过，她也可以尝试着去画一画，就当练习了。

于是小茜拿出画纸和笔，开始画了起来。刚开始，小茜找不到绘画的要点，脑子里一片空白，一天下来也没画出多少。但是她并没有气馁，不断向专门负责绘画的工作人员讨教方法。经过绘画人员的指导，小茜渐渐进入了"角色"，她的绘画潜能不知不觉地被激发了出来，画得越来越快，越来越好。

考古挖掘工作对小茜产生了极大的吸引力，她慢慢地也迷上了考古事业。在考古现场，她常常一个人面对着成堆的碎片出神。这些碎片在她的手中仿佛就是一个古老的故事，一段令人心碎的历史。实践中的小茜受到了很大的启发，在她的脑海里对古代人的世界产生了一种强烈的好奇心，古代人的生活和我们有什么不同？他们穿着什么样的衣服？那些图案又代表着什么？那些没有拼凑的图案的碎片本来的面目又是怎样？

从此之后，小茜更加重视思考的力量，从思考中逐渐养成了善于动手实践的习惯。她曾说："当你发现了一些东西，你总会试图去了解你所亲手发现的。"

勤于动手，善于思考的良好习惯一直陪伴着小茜，机遇总会降临在有准备的人身上。经过多年的努力，小茜最终成了一名著名的考古学家，继承了父母的事业。

女孩励志课堂

俗话说，实践出真知。只有经过实践历练的知识才是硬道理。有人曾经做过这样的比喻：把知识比作一座宝库，那么开启这个宝库的钥匙就是实践。波斯诗人萨迪曾经说过："有知识的人不实践，等于一只蜜蜂不酿蜜。"所以，女孩要想实现自己的理想，就必须养成勤于动手、善于运用知识的习惯。这样才能学有所成，在事业上有所作为。

美丽成长智慧库

女孩怎样养成好习惯？

首先，要知道良好习惯的重要性。只有从思想上认识到习惯的重要性，才会在行动上努力使自己养成良好的生活习惯。从某种意义上说，克服一个坏习惯，培养一个好习惯是人生最难的，也是对人生最有价值的。因此，要培

养一个好习惯，就必须要意识到良好习惯的重要性，这样就会让你的行为建立在理智和科学的基础上。否则，头脑一热，盲目去做，常常会半途而废。

其次，要做到统筹安排，逐一击破。俗话说："万事开头难"，"好的开端是成功的一半"。培养习惯也是一样。人的习惯实现是一个庞大的体系，当你明白好习惯对人生和命运的重要性后，要对准备培养的习惯做统筹安排。这样可以分清主次，明确先后，然后有步骤地去培养，就会更有成效。

4. 从身边的小事做起

一天，一个名叫田圣的女孩来到五星级酒店，她是来这里上班的。这是她步入社会的第一份工作。她对这份工作很珍惜，也很重视，并且下定决心"一定要干好"。

但是让满怀欣喜和信心的田圣没有想到的是，她的第一份充满期待的工作竟然是清洗厕所，而且还要求把马桶清洗得光洁如新！

田圣是一个非常爱干净的女孩，当她得知自己的工作竟然是刷马桶时，几乎就要崩溃，甚至要放弃这份工作。但是当时能到五星级酒店来工作是一件很荣耀的事，于是她坚持了下来。记得第一次当她用手拿着抹布伸向马桶时，恶心得几乎要呕吐出来，感觉浑身都难受。

就在这时，一位老师傅走了过来，将她手中的抹布接了过来，很娴熟地洗刷马桶，一会儿工夫，就把马桶擦洗得清洁光亮，脸上流露出一丝满意的神色，让站在一旁的田圣看得目瞪口呆！

榜样的力量是巨大的，老师傅的实际行动胜过千言万语。她以自己的敬业精神和实际行动，为田圣树立了一个标杆。

田圣暗暗下决心："就算一辈子洗厕所，我也要做一名最出色的清洁工！"

从此以后，田圣不再讨厌自己的工作，每天都拿出认真的态度来清洁马桶。到后来，她清洗马桶的清洁程度已经可以达到老师傅所擦洗的清洁程度了。

渐渐地，她养成了在点滴小事中做好每一件事情的习惯。秉持积极进取的人生态度，经过几十年的努力，田圣从一个清厕工最终成为了政府官员，攀登到了自己人生事业的顶峰。

女孩励志课堂

田圣从一个清洁厕所的清洁工成长为政府官员，这其中的确付出了很多的艰辛和努力。但是如果说她成功的秘诀，只有一个，那就是踏实做人，本分做事。就像苏联著名演员斯坦尼斯拉夫斯基所说："没有顽强的细心的劳动，即使是有才华的人也会变成绣花枕头似的无用的玩物。"无数事实证明，只有在小事上做到极致的人，才会得到幸运之神的偏爱。

美丽成长智慧库

女孩如何做好身边的小事？

古人有言："勿以恶小而为之，勿以善小而不为。"

小事同样具有无穷的力量。正如古人所言：不积小流无以

成江海，不积跬步无以至千里。那么女孩具体应该怎么做好身边的小事呢？

首先，对生活要有一个明确的态度。态度决定命运。没有一个客观、积极乐观的生活态度是不会有好的结果的。如果以积极的态度面对生活，即使在生活学习中遇到困难，也会从容地去面对，生活的质量自然也会有很大的提高。

其次，不要瞧不起"小事"。小事的累积就是一件很大的事。不要认为一天写不完作业是件小事，长此以往，就会使你的学习掉队；不要以为今天没有守时是一件小事，但是有一就会有二，渐渐地，你就会变成一个不守时的人，等等。所以一定要做好身边的每一件小事。只有这样，才有可能成就明天的大事。

5.勤奋帮她赢得金山

席波是一个很具有传奇色彩的人物。她没有大学毕业，但是却拥有10个名誉学位。她常说自己虽然少了那张毕业证书，但是却上了全国最好的大学之一，也就是"社会大学"。如果在这个大学拿到了学位，其实就已经得到成功的保证了。因为在那里学到的，远比象牙塔里所传授的理论要实际得多，而且也更有价值得多。

她的朋友和同事们都喜欢叫她的小名"蜜姬"。蜜姬是一个勤奋而有毅力的女人，是一个在挫折和困难面前不低头、不退缩、不畏惧的女人。她没有显赫的家世和高贵的出身，但她却能披荆斩棘，为女性在商业界开拓出一片天空。

能成为"商业界女皇"并不是顺风顺水的，一路走来她真是苦辣酸甜各种滋味都品尝殆尽。在她打拼的时候，首先要面对的就是性别上的歧视。当时商业界的男人曾经多次想把她排挤出这个圈子。但是坚定的信念支撑着她，男人们无法摧毁这个坚固的堡垒。

如今，她是一家提供折扣佣金的证券经纪商。蜜姬从零开始，这是她一手创建起来的。

蜜姬并没有上层人物的人脉，最初甚至连最基层的位置都进不去。但她是如何改变开始时的局面，成为"商业界女皇"的呢？

万事开头难。刚开始的时候，她也是到处碰钉子，事事不顺心。她应征过外交工作，但因为只会说一种语言，失败而归。

接着，她又试图向大的商业公司叩关。当时最大的公司也因为她没有文凭而浇了她一头冷水。

后来她被一家公司录用了。她通过实践证明，一个人只要有勇气和足够的努力，就算没有大学文凭，也照样可以在商业界出人头地。

每当人们对这个创造奇迹的女人大赞有加的时候，她都会很淡然地说："我的金山是我的勤奋换来的。"

女孩励志课堂

有人曾说，勤奋乃人生的第一财富。没有勤奋，即使进行了播种，也不会有好的收获；没有勤奋即使取得了阶段性的成果，也不会有最终的成功。有了勤奋，大楼可以平地而起；有了勤奋，"神舟"可以遨游太空，探索宇宙的奥秘。勤奋并不难，只要你有一双手，就可以创造奇迹。勤奋需趁早，不要等到别人已经到达高峰，才开始勤奋，那就为时晚矣了。

美丽成长智慧库

女孩怎样养成勤奋的良好习惯？

有人说："每个拥有双手的人，都是一个大富翁。他可以用双手去创造一切。"有很多杰出人物的成功都是靠坚持不懈的努力换来的。因为只有靠双手创造，靠勤奋努力，才会创造奇迹。正如卡莱尔所说："天才就是无止境刻苦勤奋的能力。"

所以，成才的最主要的因素就是勤奋。作为女性，只要有崇高的理想，坚强的意志，才能创造出伟大的事业和生命的奇迹。简而言之，勤奋就是要静下心来，把大量的时间和精力都放在学习上，养成善于钻研，努力克服困难的习惯。同时，还要有不屈不挠的精神，因为学习的道路不会一帆风顺。只有持之以恒，才会顺利到达成功的彼岸。

6.专注创造奇迹

她是一位很著名的推销大师，在即将告别职业生涯的时候，应同仁的邀请，在集会上做告别演讲。到了集会那天，台下座无虚席，与会者热切地期待着他们心目中伟大的推销员做精彩演讲。

大幕缓缓地拉开了，人们怀着激动的心情坐在台下期待奇迹的到来。只见台中央吊着一个大铁球。为了固定这个铁球，台上搭起了高大的铁架。这时候，这位推销大师在热烈的掌声中缓缓走了出来。她的穿着很随便，一身运动服，脚穿运动鞋，站在铁架子的旁边，就像一位修炼多年的长者。人们好奇地望着她，期待着她能演讲些什么。

这时，两位工作人员抬出一个大铁锤。主持人请上了两位身体强壮的年轻人上台参与表演。两位青年跑到了台上。主持人向他们简单说了一下击打铁球的规则：两人用大铁锤，敲打那个吊着的铁球，直到使它能够动荡起来。

明白了游戏规则，其中的一个年轻人抢先拿起铁锤，拉开了架势，全力向吊着的铁球砸去，虽然听到了"咣"的一声巨响，但是很可惜的是那个吊着的铁球却纹丝不动。随后，他很不服气地抢起大锤，接二连三地砸向吊球。尽管累得气喘吁吁，但是吊球仍然是丝毫未动。另一个年轻人看到此情景，也不甘示弱，在众人的加油声中，他接过大铁锤，对着吊球一阵狂打，可是铁球也是一丝未动。

台下的呐喊声，也像两个气喘吁吁的青年一样，渐渐地失去了气势。观众看到如此健壮的两个年轻人都无能为力，心想其中一定很有玄机，就等着主持人做出解释。

就在这时，站在一旁的推销大师走了过来，从随身的口袋里掏出一个小锤，对着铁球轻轻地敲了一下，然后又停了一下，再一次用小锤敲了一下……10分钟，20分钟就这样过去了，但是吊着的铁球依然没有晃动。

会场上出现了一阵骚动，有些人甚至开始不耐烦了，还有的人故意弄出一些古怪的声音和动作表示不满。而推销大师对这些行为似乎丝毫没有觉察，她所有的精力依然专注在铁球上，继续用小锤敲一下，停一下。

台下的不少人感觉莫名其妙，本来是想听推销大师的精彩演讲的，没想到她在现场竟然是做这样不专业的表演，一些人已经按捺不住了，有的甚至开始很失望的退场，台下也没有喊声了，会场上渐渐地安静了下来。

就这样，大约过了30分钟，坐在前排的一位女士突然尖叫了一声："球动了！"霎时，会场变得鸦雀无声，人们都全神贯注地看着那个铁球。果然，铁球慢慢地动了起来，不仔细看很难察觉。

推销大师仍旧一小锤、一小锤地敲着，吊球在她执着的敲打中越荡越高，直到它牵动着那个铁架子"哐哐"作响，人们对她的壮举感到惊奇，一种巨大的威力强烈地震撼着在场的每一个人。人群中终于爆发出一阵热烈的掌声。这时，推销大师转过身来，慢慢地把那把小锤揣进兜里，然后很平静地对大家说："这就是我要演讲的内容。这是一个忠告，也是我人生经历的一个总结：如果你不专注于自己所做的事情，等待成功的到来，那么，你就得用一生的时间去面对失败。"

推销大师的演讲就此结束，听众再次报以热烈的掌声。

女孩励志课堂

美国思想家爱默生说过："专注、热爱、全心贯注于你所期望的事物上，必有收获。"一个人只要养成做事专注的习惯，就一定会做出使自己感到吃惊的成绩来。蜻蜓点水、浅尝辄止，永远到达不了成功的彼岸。

美丽成长智慧库

女孩怎样养成做事专注的好习惯？

专注力就是专心注意的能力，是聚精会神的能力，是自我控制的能力。可以说，专注力就是感知、记忆、想象和思维活动的组织者和协调者。培养专心做事的习惯，也就是培养专注力。那么，女孩具体应该怎样做呢？

首先，兴趣是关键。兴趣是最好的老师。当你对某件事物表现出积极的兴趣时，就会很忘我地投入到其中，甚至可以专注到不吃不喝的地步，就会很深入的思考此事，用心地去做它。这样，成功的几率就会大增。

其次，要有坚持的信念。专注力不仅仅是一种行为上的习惯，更是一种善于思维的习惯。所以，遇到困难拦住自己去路的时候，一定要秉持坚定的信念，时刻鞭策自己，再坚持一下，再有一两次就会成功，相信自己一定能做到！这样，就会使自己能专注在所做的事上，与目标之间也会缩短了距离。

7. 一本只有"勤俭"两字的书

艾米的父亲艾马丁是一位小商贩，他从沿街叫卖一些小商品做起，后来发展到开店经商。艾米是艾马丁的小女儿，在父亲耳濡目染的影响下，她从小就学到了一些经商的小窍门，而且还养成了勤俭的好习惯，这些对她的人生和今后事业的发展产生了很大的影响。

艾米小时候因为家庭条件并不优越，能进入学校读书的机会不多。但她是一个很爱读书的孩子，能把自己的闲暇时间有效地利用起来。几年下来，她阅读了很多书籍，不仅增长了知识，还锻炼了她看问题的敏锐度和独特的视角。到了十多岁时，她就开始考虑自己怎么创业了。

小小的艾米经常寻找机会打工挣钱，能致富似乎是她的一个信念。她好不容易攒到5元钱，并决定将这5元钱用于购买书籍，因为书

中可以找到发家致富的方法。

一天，小艾米在一份报纸上看到了出售《发财秘诀》的广告，于是她迫不及待地连夜赶到书店去购买此书。因为这是她内心渴望已久的。她来到书店，很顺利地买到了这本书，心里无比的兴奋。到了家里第一件事就是拆开这本书的外包装，翻开一看，结果却令她大失所望。

原来，这本书中空无他物，全书仅印有两个大字："勤俭"。艾米感觉自己上当受骗了，既失望又生气，随即她把书扔到地上，并想马上到书店去找老板算账，控告他和作者骗人。但是又一想，天已经太晚了，现在书店已经关门了，于是装着满满一肚子气的艾米决定第二天再去找书店老板理论。

但是整个夜晚，艾米躺在床上，辗转反侧，难以入眠。开始，满脑子全是对该书的作者和书店老板的愤怒，气愤他们为什么在书上只印上这两个简单的字来骗人，让她好不容易挣来的血汗钱就这样"打了水漂"！渐渐地，她的怨气也慢慢地消退了。

"为什么作者仅用这两个字出版一本书呢？"

"为什么又选用'勤俭'这两个字呢？"

这两个字一直在艾米的脑海里闪现。她觉得其中一定富有深刻的含义。于是仔细想了很久，而且越想越觉得作者有自己的用意，越想越觉得勤俭是人生立世和致富的根本。于是她彻底地大悟了。整个夜晚就在艾米的思绪中度过，天渐渐地亮了。艾米赶紧把那本书从地上捡了起来，如获至宝似的用细布擦去灰尘，并深深地吻了它一下，然后端端正正地把它摆在卧室的书桌上，"勤俭"二字也成了她奋斗创业的座右铭。

从此以后，她努力地去打工，把挣来的辛苦钱除了交给家里一部分外，其余的全部都存起来，准备用做以后创业的本钱。"勤俭"的座右铭时刻鞭策着她的行为。就这样，艾米莉坚持了5年，终于积攒了一笔钱。她就是用这笔钱开创了她的事业，后来成为了实业界的大亨。

所谓勤俭就是既要勤劳又要节俭。它们是中华民族的传统美德，也是一个人的做人之本，成功保障。每个人的成功都没有捷径可走。努力、智慧和节俭，还有持久的耐力和毅力一样都不可少。

美丽成长智慧库

女孩如何养成勤俭朴素的生活习惯？

古人云：勤能补拙，俭以养廉。只要勤奋，即使是天赋差一些，也会把工作学习搞好，会在事业上做出成绩。只要节俭，不贪图物质享受，在事业上不断追求进取，就会有所成就。那么女孩应该怎样做才能养成勤俭朴素的生活习惯呢？

首先，要明白节俭是一种美德。如果能做到勤俭节约，不仅能使自己拥有更多的资源，还会使自己的生活变得更加美丽。

其次，要学会从点滴做起。要时刻牢记"谁知盘中餐，粒粒皆辛苦"的古训，不管家庭的状况如何，都要有勤俭节约的良好品质。一粒米不算多，但是一粒一粒可以堆成垛。

再次，要养成爱劳动的好习惯。劳动能培养人简朴的品德，经过自己劳动创造的财富凝聚着汗水和泪水，所以会倍加珍惜。

8. 借口是弱者的挡箭牌

当一名作家是小珍从小怀有的梦想。因为她喜欢写作，她的朋友也都认为她在写作方面有着卓尔不群的能力。但是这个梦想一直都还只是个梦想。朋友们都好奇她为什么不做一名职业作家。每当被问及此事，小珍都会说："写作是一件很感性的工作，只有灵感来了才能开始写作。作家只有感觉精力充沛、创造力旺盛的时候，才能写出好作品。"所以，她为了能够写出优秀作品，必须等待灵感来了之后，才会坐在电脑前开始写作。

但是，灵感不是说来就来的。如果某一天她没有感觉，缺乏激情，那就意味着那一整天一个字也不会写。渐渐地，小珍很难感到有多少好情绪可以使她成就任何事情，也很难感到有创作的欲望和灵感。这种情绪长期累积，使她更加不振，好情绪和灵感离她越来越远，因此也越发的写不出东西来。

每当小珍坐在电脑旁，想要写作的时候，她的脑海里就变得一片空白。这种情绪常常让她感到害怕。所以，为了避免眼睛看着空白屏幕发呆，她干脆就离开电脑，试图分散自己的注意力，让丢失的灵感赶紧回来。于是，她有的时候去收拾一下房间来转移自己注意力。这时心里马上就觉得好受一些，但这却并不能帮助她写出好文章。

再后来，小珍借鉴了一位著名作家的写作经验。那位作家把写作看成是一种情绪，但是他认为对情绪这种东西决不能心软。因此，当他感到疲惫不堪、精神全无，甚至连5分钟也坚持不住的时候，也从不给自己任何放弃的借口，仍然强迫自己坚持写下去，不知不觉中，他的写作情况就完全变了样。

经过冷静的思考，小珍开始认识到，要完成一项工作，必须待在能够实现目标的地方。对自己而言，要想写作，就非得在电脑机前坐下来不可。

于是，小珍马上开始行动起来。她根据自己的实际情况量身制定了一个写作计划。她把起床的闹钟定在每天早晨7点半。到了8点钟，就雷打不动地坐在电脑前。她的任务就是坐在那里，一直坐到她在屏幕上敲满了字。如果没有灵感，写不出来，哪怕是坐一整天，她也不会离开。此外，她还给自己规定：早晨要写好1000字才能吃早饭。

万事开头难，在开始执行计划的第一天，小珍忧心忡忡，直到下午2点她才写好1000字。不过第二天的时候，她就有了很大的进步。她坐在电脑前不到两小时，就写了1000字。第三天，小真只用了一个小时就写了1000字。

小珍用这样的方法坚持了半年多的时间，果然在写作上有了喜人的成绩。最主要的是，她在这个过程中学会了如何克服和面对困难。功夫不负有心人，她的作品终于完成了。

女孩励志课堂

生活中可以看到这样一种情况：有些人明明是自己没有做或者根本做不到的事情，却不愿承认，总是要给自己找借口来掩饰。其实，喜欢给自己找借口不是一个好习惯，这样会给你的心灵带来很多负面的暗示，最终使自己放弃努力。既然认定去做一件事，就要不断地告诉自己："我要坚持，我能行！"

美丽成长智慧库

怎样养成不给自己找借口的好习惯?

首先,心态一定要正确。经常拿借口来推卸责任其实是一种不敢正视现实的不健康的心理状态。遇到问题是正常现象。有了问题和难题时,摆正心态很重要。只有这样,你才会客观地、积极主动地面对问题,解决问题,而且要善于在绝望中寻找希望。这样才会成为最终的成功者。

其次,要保持一颗积极、绝不轻易放弃的心。事情的结果只有两种,一种是成功,而另一种就是失败。当然,谁都想要成功,但是失败的能量是巨大无穷的。所以生活中,即使事情的结果是失败,也要汲取教训,把这次的失败视为朝向目标前进的踏脚石,而不要让借口成为你成功路上的绊脚石。人生无需任何借口,失败了也罢,做错了也罢,再妙的借口对事情本身也没有丝毫的用处。许多失败,其实就在于那些一直麻醉着我们的借口。

第四篇

"EQ"女孩——兼收并蓄的人生

女孩们也许对"情商"这个词还很懵懂。所以，要想做个情商高手还要从最基本的常识入手。情商（EQ）又称"情绪智力"，是近年来心理学家们提出的与智力和智商相对应的概念。它主要是指人在情绪、情感、意志、耐受挫折等方面的品质。

第8章
自信法宝——开启成功之门的钥匙

1. 自信是最大的本钱

在商界，提起莫莫这个女人的名字，几乎无人不知，无人不晓。但就是这个驰骋商界的风云人物在当年创业时除了一辆破烂的车之外，就仅有牛仔裤里的500元钱。如今，莫莫创办的公司是现在全国最成功的经纪公司之一。取得如此令人瞩目的成就与莫莫敢于冒险的精神是分不开的。

20岁的莫莫最初在一家经纪公司做实习研究员，在这之前她毅然放弃了一份薪资稍高的会计工作，因为做经纪公司是她的梦想。不久她又跳槽到另一家经纪公司。工作的这段时间，怀揣梦想的莫莫并没有止步，而是坚持学习，把自己对经纪方面的见解写成报告邮寄给其他经纪公司作为参考。机遇总是降临在有准备的人身上。终于有一天，莫莫接到一个她曾经写过报告的公司来电，对方很兴奋地告诉她："因为她的报告，公司赚了一笔钱，所以公司欠她一个订单。"就这样，莫莫得到了平生的第一个订单。

胸怀大志的莫莫继续坚定自己的信念，并且努力前行。她的下一步计划是想获取一家大型经纪公司的合伙资格。就莫莫当时的实力而言，遭到对方的拒绝也是预料之中的事，但是让莫莫无法接受的是，对方的拒绝理由竟然是因为她是个女人。愤怒之余的莫莫决定自己创业，并为之付出了艰辛的努力和代价。

起步阶段的莫莫可谓是一穷二白，她甚至连自己的办公室都没有。幸好与她以前做过生意的一家公司提供给她交易所的一角，充当她的办公室。莫莫除了要在这个临时的办公室里与恶劣的环境做斗争，还要面对周围人对自己创业的不理解。这一切，仍然没有让莫莫动摇自己的创业信念。她毅然向银行借了30万元，然后用44万元在证券交易所买了一个席位。莫莫用事实证明着自己的能力：她在6个月之内搬离了那个临时的办公室，搬进了自己精致的办公室。经过多年的不懈奋斗，今日的莫莫公司已是一家价值数千万的公司了。

如果你问莫莫，靠什么能自立自强并且屹立不倒，她会这样回答你："不要害怕冒险或者做决定，任何时候如果有任何人或事想要把你击倒，你就顽强撑住！"这就是莫莫的成功感悟。

女孩励志课堂

莫莫成功的背后我们看到的是辛劳和汗水，顽强与拼搏，信心与勇气。就像古希腊哲学家比阿斯所说："要从容地着手去做一件事，但一旦开始，就要坚持到底。"莫莫做到了。她在决定创业的时候，面对重重困难顽强撑住。"放手一搏"的决心让她努力采取行动尝试，最终取得了胜利。

"EQ"女孩——兼收并蓄的人生才最成功

美丽成长智慧库

如何让自己成为一个有自信的人？

莫莫的成功完全来自自信的力量。如果没有自信的牵引，莫莫在困难面前也许也会退缩，也会害怕。所以，在面对学习和生活的挑战时，一定要自信。拥有自信与自我激励这两大战胜困难的杀手锏，困难在你的面前才会变得渺小。所以，女孩们在困难面前不要否定自己，而是要树立"我能行"的信念。只有坚定信念，才会转化为一种力量，才会促使你成功。

2. 永远坐在前排

很久以前，马格出生在一个不出名的小镇。她的父亲是一家杂货店主。家境殷实的马格并没有享受"温室之花"的优待，从小就受到严格的家教。父亲向她灌输这样的理念：无论做什么事都要力争一流，要做引领他人的领导者，而不要落后于人，即使坐公共汽车时，也要永远坐在前排。在父亲的词典里没有"我不能"或者"太困难"之类的词汇。当然，他也不允许马格有甘于落后的思想。父亲常常分派一些店里的活给她，例如，把袋装或箱装的茶、糖或饼干分装成一两或二两的小袋，有时让她在杂货店站柜台。她干起活来从未感到厌烦，经常觉得很愉快。她的家强调勤奋工作，只要店里忙，她随时帮忙。同时，她还向母亲学习做家务。母亲教她正确熨烫衬衫的方法。她学习了各种家务，从正确的洗衣方法到家庭理财，小小年纪干起家务事来确实还真有两手。

也许正是父亲这种"残酷"的教育方式，才培养了马格积极向上的决心和信心。有了父亲这样一个"人生导师"，马格无论在学习、生活还是工作中都能游刃有余，因为她时时牢记父亲的教导，总是抱着一往无前的精神和必胜的信念，克服万难，做好人生中的每一件事。

马格在大学期间也是个佼佼者，要求五年学完的外语课程，凭借她顽强的毅力和"永远坐前排"的信念，在一年内就全部完成了。马格在体育、音乐、演讲及其他活动方面也都名列前茅。她的大学校长曾这样评价马格："马格无疑是我们建校以来最优秀的学生之一。她总是雄心勃勃，每件事情都做得很出色。"

一直作为引领者的马格从学校走向社会依然保持着争做第一的风范。后来，虽然也碰到过困难，经受过惨败，但她并没有气馁，最终，成了一名赫赫有名的政界功臣。

女孩励志课堂

马格在父亲"永远坐前排"的信念激励下，创造了人生的奇迹。其实，我们每个人都可以尝试她的成功秘诀。因为人有了信念，才会更加努力；只有加快了努力的步伐，才会一步步接近成功；只有到达成功的巅峰，才会创造奇迹，超越自我。

美丽成长智慧库

如何让自己成为一名优秀的人？

马格从一个普通的杂货店老板的女儿成长为政坛巨

匠，这是一个奇迹。她没有任何政治背景，没有任何权力的庇护，最后却能取得成功的一个很大的原因就是自信和果断的行事作风。

你也想成为像马格一样优秀的人吗？那么，从小就要培养自己的自信心，要在困难面前不低头，做事有自己的看法和主张。在学习中，要踊跃发言，锻炼自己敏锐的思想和出众的口才，以及自信的决断能力。这样才是一个优秀的人所需必备的素质。

3. 奇迹要自己创造

小晴住在大城市郊区的一个小镇上，她整天活在自卑的世界里。大学毕业后，她在大城市里一直没找到合适的工作，所以只好回到家乡小镇上，做一名普通的工厂女工。和许多女孩一样，小晴心中也有一个美丽的梦想，就是能够找到一位白马王子和自己白头到老。可是她认为自己的条件太一般，根本不可能实现愿望，于是整天自怨自艾。

无助的小晴找到了镇上的一位心理医生，那是一位五十多岁的老医生，据说他的医术很高明。那是一个雨天，当她走进医生的办公室与医生握手时，她冰凉的手让心理医生的心都颤抖起来了。

医生看着眼前这个目光呆滞甚至绝望的抑郁女孩，心里不由得一颤，赶紧让小晴坐下。而小晴整个身心好像都对心理医生哭诉着："我是这个世界上最不幸的女人，我的生活一片黑暗，已经没有什么快乐可言了。"

心理医生通过跟小晴的交谈，渐渐了解了她的心思，心里有了底。他对小晴说："姑娘，我有办法帮你找回自我，但是你必须要按照我说的去做。"小晴听到医生的话自然很高兴，因为这能够帮她走出阴霾，于是她欣然答应。医生要小晴把自己的头发修剪一下，并买一身漂亮的衣服，把自己打扮得漂漂亮亮的，而且诚挚地邀请她参加他家下周末的聚会。

可是小晴并没有感到快乐，依然是闷闷不乐的样子，而且很没自信地对心理医生说："即使参加聚会也改变不了什么，谁又会需要像我这样的人呢？"心理医生说："你只需要做一件事，那就是帮助我照顾客人，并向客人们致以最真诚的问候。"

晚会的这一天，小晴果然整齐漂亮地出现在聚会现场。她按照心理医生的吩咐，尽职尽责地做着工作。一会儿跟客人打招呼，一会儿又帮助客人拿水拿饮料，在客人之间穿梭不息，忙得不亦乐乎，完全忘了自己的悲观抑郁情绪。此时，小晴的眼神活泼，笑容可爱，成了晚会上的一道亮丽的风景。在散会的时候，有三位男士自告奋勇地送她回家。

一天又一天，一月又一月，小晴在与这三位男士相处的过程中，选择了其中的一位，并且和他成就了美满的姻缘。变得开朗美丽的小晴在自己的婚礼上看到心理医生，十分感谢地说："是你帮我创造了奇迹。"

而心理医生却说："不，不是我，是你为自己创造了奇迹。"

女孩励志课堂

人不可能都很完美，虽有瑕疵，但是美丽依然存在。每个人都会拥有一份属于自己的美丽。自信是这份美丽的种子，心灵是这份美丽的土壤，而行动是这份美丽所需的营养。只有具备了这些，美丽的种子才会生根发芽，茁壮成长。小晴就是挖掘到自己的美丽之处，并且从内心上接受自己，善待自己，战胜自己，才拥有了成功快乐的人生。

美丽成长智慧库

女孩如何培养战胜自我、挑战自我的意识？

一位哲人说过："一个人最大的敌人就是自己，谁也没法把你打倒，能打倒你的只有你自己。"人类社会充满竞争，优胜劣汰。所以竞争是人类前进的动力。女孩们长大也会成为这个竞争群体中的一员。健康的竞争意识会使女孩变得自信，而且能在竞争中有一席之地。

所以，女孩要想成为未来社会的精英，就要从小培养战胜自我、挑战自我的意识，要根据个人的兴趣、爱好积极参加学校的各种文娱活动，以此来增强信心与勇气和适应社会的能力。只有敢于战胜自我、挑战自我的女孩才能追求更高的人生目标。

4. 做本色自我

小雪是一个胖女孩，大大的脸庞使她看起来比实际还要胖得多。而且她还是一个特别敏感的人。并不出众的外貌，让她感觉很有负担，渐渐变得见人胆小、腼腆。小雪的妈妈是一个很古板的母亲，给小雪做的衣服都是肥肥大大的。她常对小雪说："宽衣好穿，窄衣易破。"她认为穿漂亮的衣服是一件很愚蠢的事。于是，小雪就穿着这些肥肥大大的衣服，在同学中扮演着"另类"的角色。课间的时候，她不愿意和同学们一起玩耍，甚至体育课对她来说也是一个负担，她不敢正视同学们异样的眼光。

胆小腼腆的小雪长大后，也像其他女孩子那样结婚成家了。她嫁给了一个比自己大五岁的男人，丈夫一家人都很好，都很乐观而充满自信。可是小雪这么多年并没有改变，依然腼腆。为了改掉这个坏习惯，为了能跟其他人一样开朗快乐，她做了很多的努力，她的家人也努力为她做了很多事，但是每次都是以失败告终，又退缩到自筑的壳里去，成为了"套中人"。一次，小雪和丈夫出席一个朋友的生日晚会。当丈夫按门铃的时候，小雪就变得紧张起来。进了屋之后，她更加紧张不安，甚至躲开了所有的朋友。她害怕丈夫发现自己的胆怯，于是假装很开心的样子，模仿某个人的动作和表情，而结果常常事与愿违，事后自己都会难过好几天。

一天，在与婆婆交谈中，小雪找回了自我。婆婆说自己教养她的几个孩子的原则是："不管怎么样，我总会要求他们保持本色。"就是这一句"保持本色"让小雪在刹那间发现自己这么多年之所以这么苦恼，这么累，就是因为自己一直努力在扮演一个并不适合自己的角色。从此以后，小雪开始了属于自己的生活，不再去刻意模仿别人。她试着研究自己的个性、自己的优点、穿适合自己的衣服。她还主动去交朋友，参加一些社团。虽然这些集体活动在起初的时候，会把她吓到，但是每一次发言后，她就会增加一点勇气。现在的生活使她体会到了从未有过的快乐。她还把婆婆教育孩子的这条理念用在了教育自己孩子身上，让自己的孩子从小就体会到了"保持本色"的快乐。

小雪的做法是很正确的。可以想象，如果她的孩子像她一样，在放弃自我，失去自我中生活，会是一种什么样的状态。

女孩励志课堂

每个人都很独特，都有与众不同的地方。例如每个人的个性、形象、人格等都是独具魅力的，是任何人都无法取代的。所以，在生活中不必刻意地去模仿他人，而是要保持自己的本色，最大潜能地发挥出自己的特点。这样，才会快乐，才会对自己充满自信，对生活充满热情。

美丽成长智慧库

女孩如何做本色自我?

在童话里,每一个女孩都想成为公主;在生活中,每个女孩都想成为主角。所以,会有很多女孩为了追寻这些美丽的梦想而失去自我,她们刻意地包装自己,打扮自己,即使自己并不喜欢,依然选择违心地生活着,就像小雪一样,即使不快乐,为了迎合大众的目光,也要违心地生活,结果却适得其反。所以,女孩们一定要摆正自己的心态,培养正确的人生观和团队合作意识,无论大事小事,不要随波逐流,要有自己的本色尊严。只有这样,才能真正发挥自己的聪明才智,才会做得最好,也才会变得美丽。

5. 信心可以创造奇迹

一富豪人家生下一个女孩,但是这份欢乐并没有持续多久。小女孩患了一种极其罕见的瘫痪症,丧失了走路的能力,家里人四处求医,但是女孩的病并没有好转。

一年的夏天,女孩一家人到海边去避暑,住在当地的一位船长家。正赶上船长出海航行,但是女主人也是一个很热情的人,她给小女孩讲了很多船长和船的故事,而这些故事中最令小女孩着迷的就是船长的那只天堂鸟。小女孩有些迫不及待,她希望船长快点回来,好能够目睹天堂鸟的模样。小女孩虽然没有见过这只天堂鸟,但是已经对它爱得不得了。

三天后，船长终于回来了，保姆带着小女孩上了船。她先把小女孩放在了甲板上，自己则去跟船长打招呼。坐在甲板上的小女孩对天堂鸟的喜爱甚至不能再等待一分一秒，所以她迫不及待地让服务生带自己去看天堂鸟。服务生并不知道小女孩的腿不会走路，就拉着她向天堂鸟的方向走去。小女孩由于极度渴望看见这只天堂鸟，竟然也忘了自己不会走路，下意识地拉着服务生的手，慢慢地走。奇迹从这一刻发生了，小女孩的病慢慢痊愈了。

这只天堂鸟竟然成了小女孩的福星。这个小女孩后来成了最伟大的作家之一。

女孩励志课堂

一个人对自己一定要有信心，因为信心可以创造奇迹，信心可以使人重生，就像故事中小女孩一样。所以，不要刻意夸大自己的缺陷。有时忘记是一种鼓励，是一种鞭策，也会是一种奇迹。

美丽成长智慧库

女孩如何让自己的人生充满奇迹？

人生不可能尽善尽美，每个人都要面对种种考验。在这些考验面前，千万不要害怕、退缩、沮丧，而是要积极面对，因为你的每一次挑战都蕴藏着机遇，而奇迹就在这

些不如意的缝隙中诞生。所以，只要有一线希望就不能轻言放弃。只有这样，你的人生才会精彩。

在生活中，遇到困难要与困难为敌；在学习中，遇到疑难要与疑难为伍。做到这一点并不容易。这就需要你全身心的投入和巨大的面对困难的勇气。

6. 很体面地回家演唱的歌唱家

李娜是歌唱家中的佼佼者，但是她的星途并不是一帆风顺的。

李娜为了追寻自己的歌唱梦想，付出了很大的代价，辛辛苦苦地学了8年，却仍然没能跨进歌剧院的大门。她的父亲也是尽了最大的努力，甚至为了帮助她实现梦想倾其所有。父亲当时年事已高，健康状况也很不乐观，不久就关闭了自己的公司。李娜面对如此狼狈的自己一声不吭，悄悄地抽泣起来。她感觉对不起父亲，父亲为自己付出这么多，最终还是没能成为一个歌剧明星。

李娜的生活开始过得很艰辛。她为了支付每周的房租，只能选择在教堂里参加唱诗班；为了寻找一份工作，不停地在街头徘徊；为了争取到一次试听的机会，竟然排在千百个跟她有类似星途的"歌星"行列之中。虽然比赛的方式略有不同，但是得到的答案几乎是相同的，那就是："对不起，我们这里的名额已经满了。"

到处碰壁的生活给坚强的李娜带来了沉重的打击。最后李娜几乎要放弃自己的梦想。她在给家里的信中写道："亲爱的父亲，我准备做最后一次尝试。如果不成功的话，我就放弃了。"当时，国家歌剧院正招募年轻歌手，李娜得到这个消息后，便借钱去了国家大剧院，但是她得到的答案依然是："对不起，今年我们招募的歌手名额已经满了。"剧院经理的这份冷冷的回答并没有阻止李娜的执着。她继续说："我从3000里之外的地方赶到这里，就是为了让您给我一个试唱的机会，您就让我试唱一下吧。"在还没有得到剧院经理的同意与否之前，李娜拉开嗓门就唱，一分钟、两分钟、三分钟，剧场经理被李娜那圆润甜美、感情深沉的歌声深深地吸引了。

"等等！"剧场经理叫停了李娜的演唱。李娜以为自己的厄运又一次地到来。可是，没想到经理却说："要演唱也得给你找个伴奏的呀！"经理当场就聘用了她。不久，李娜凭借自己的实力，成为国家歌剧院的主要演员。

但是，李娜并没有满足，没有停止追逐的脚步，奔走在国际的比赛中，一次又一次的获奖让李娜懂得自己的努力、执着、付出是值得的。在她23岁回家乡度假期间，一天父亲问："你什么时候能在家乡演出啊？"

"我很快就会回来演出的。"李娜很坚定地说。

"他们邀请你了？"父亲很高兴地问道。

"他们不需要邀请我，给家乡人唱歌是我的荣幸。"

不久，李娜真的回到家乡举办了一场演出，那晚乡亲们是带着激动的心情站着看完的演出。

女孩励志课堂

有这样一句歌词："不经历风雨，怎么见彩虹，没有人能随随便便成功。"李娜的成功包含更多的是她的努力和付出、失败和挫折、痛苦和徘徊。最终，她成功了。因为她有坚强的毅力、坚定的信心、执着的追求和无怨无悔地为自己的梦想努力奋斗的决心，所以她才会站在高高的领奖台上。

做个阳光上进有出息的女孩

女孩如何让自己成为佼佼者？

"自信是成功的第一秘诀"。李娜如果没有坚定地自信心和伟大的理想，最后是不会成为赢家的。所以，事业成功的主要原因就是要有伟大的理想，还要保持坚定的自信，并且竭尽全力地为之努力奋斗。只有这样，才会取得惊人的成就。

你如果也想成为像李娜那样成功的人，就要有坚定的信心。例如，当你在学习中或者是生活上遇到困难时，不要轻易地低下头，而是要昂首挺胸地克服困难和阻碍。还有不可忽略的一点就是心中要有梦。只有有了奋斗的目标，才会有行动的动力，才会有成功的希望，也才会成为有自信的人，成为人生的佼佼者。

7. "自信罐"里的成功

当思雨的第三个孩子出生之后，她便开始变得焦躁不安起来。她常常被三个孩子闹得整夜不得安眠。她每天的生活是在4岁的孩子整日玩闹中度过，在19个月大的孩子整夜哭叫中度过，还有一个婴儿需要不断地喂奶。那段时间的思雨精神几乎要崩溃，她怀疑自己的能力，怀疑人生的意义，甚至有要结束人生的念头。

正当思雨烦躁的时候，她的好朋友小荫托人给她带来了一份礼物。思雨打开一看，原来是一个很漂亮的陶瓷容器，上面还贴着一个标签，写着："思雨的自信罐，需要时用。"

罐子里装着几十个用浅蓝色纸条卷成的小纸卷，每个小纸卷上都写着小荫送给她的一句话，思雨迫不及待地打开每一个小纸卷，上面分别写道：

我珍惜你的友谊；

我欣赏你的执着；

你做什么事都那么仔细，那么任劳任怨；

我真的相信你能做好任何你想做的事情；

……

但是最后我还要给你提出三点建议：一是当你成功地完成一件自己想做的事，就写一张小纸条放在这个自信罐里；二是当你得到别人的肯定和赞许时，也可以把自己的心情用一张小纸条记录下来，放在自信罐里；三是当你遇到困难和挫折的时候，可以从自信罐里拿出几张小纸条来看看，这会使你心灰意冷的心得到抚慰。

读到这里，思雨的眼眶湿润了，因为她深深地感到，被别人爱着、被别人关心着是多么幸福的一件事情。于是，她找回了以往的自信，认为困难只是暂时的，自己会成为最棒的。从那以后，思雨把这个"自信罐"摆在了最醒目的地方，只要遇到危险和困难，就情不自禁地伸手去摸。

时间的脚步匆匆而过。30年就这样过去了，思雨从一个对自己的三个孩子都照顾不好的母亲变成了一所幼儿园的园长。这无疑是一次成长和人生的蜕变，而这种蜕变的原动力就是"自信罐"的力量。很多家长都愿意把孩子送到思雨的幼儿园，因为这里能够激发孩子们的自信心。从这所幼儿园里走出去的孩子，每个人都会有一个"自信罐"。

女孩励志课堂

当一个人遇到困难和挫折，甚至无力面对和解决的时候，切勿自暴自弃，因为你只需要回头一下就会发现，有很多爱你的人会给你勇气和力量，会给你加油打气，让你找回自我，找到人生方向。这就是自信的力量。

美丽成长智慧库

女孩如何在自己的"自信罐"里找到自信？

每个女孩都如同树上的叶子，有着自己的独特性，任何人也取代不了。你所需要的，只是找准你的人生方向。但是很多女孩，在寻找方向的途中因为困难和压力，常常气馁、恐惧，甚至轻言放弃。其实，她们缺少的正是这样一个"自信罐"。

所以，在生活中，要学会给自己一个"自信罐"：放一个小小的瓶子在桌子上，把自己的喜怒哀乐都装入罐中。这样，你的"自信罐"就会一天天地越来越有"内涵"，积少成多。在"自信罐"里，你就会看到自己的生活原来那么美好，从而培养自己的自信心——原来我是如此的能干！

8. 不要做自己的敌人

小琼是一个长得矮矮胖胖的姑娘，身高不足1.55米，体重却是62公斤。不过，小琼也是个爱美的女孩。有一次她去美容院，美容师却对她说："你的脸对我来说是一个难题。"她并没有因为美容师恶毒的话而伤心，依然十分快乐、自信、坦然。

但是，小琼长大后也开始注意世俗的眼光，许多年来，她都试图使自己和别人一样，总是担心人们心里会把自己想成什么样的人。其实，她没有意识到并没有人真正地注意过她，她的一言一行在别人的眼里只是匆匆一幕。

舞会对一个女孩子来说，是一个美妙而光彩夺目的场合，起码偶像剧中常常会这样演绎。所以小琼也很希望自己能够去参加一次舞会，有一次她终于受到了同学的邀请去参加生日舞会，她高兴极了。

记得那时候戴假钻石耳环很流行，所以小琼为了参加这个盛大的舞会，特意精心地准备了一副耳环，在她练跳舞的时候就总是戴上它，以致耳朵疼痛难忍，不得不在耳朵上贴了膏药。正式舞会那一天，小琼依然戴着这副耳环，也贴上了膏药。也许是膏药的原因，舞会上没有人邀请小琼跳舞，她在会场整整坐了4小时。舞会结束，小琼心情很沮丧地回家了。但是到了家里，当父母很关心地问起舞会的表现时，小琼却表现出很兴奋的样子，并告诉父母，自己玩得非常痛快，跳舞跳得脚都疼了。父母听到小琼在舞会上的表现很高兴，欢欢喜喜地去睡觉了。小琼却走进自己的卧室，撕下了贴在耳朵上的膏药，伤心地哭了。

后来小琼在一家日报社工作，有许多出差的机会，可以领略世界各地的风情，也可以经历很多意想不到的事。给小琼留下深刻印象的是去参加一次有关跑马场报道的事儿，那天，她碰到了一个和自己很像的女人。

那个女人身材也是矮小而肥胖，不过穿戴得却很整齐：高高的帽子，配着粉红色蝴蝶结的晚礼服，白色的长筒手套，手里还拿着一根尖头手杖。或许是由于体重的原因，她拄着手杖时，手杖尖突然戳进了地里。由于手杖戳得太深，她拔了一下手杖没有反应，于是就使尽全身的力气拔呀拔，眼里噙着愤怒的泪水。虽然最后终于拔了出来，但是由于惯性太大，使她握着手杖跌倒在了地上。这个女人赶紧看看周围有没有人，然后迅速地爬起来，愤愤地离开了现场。

其实周围并没有几个人注意到这个场景，但小琼却看得很清楚。当时她心里想，这个女人的一天可能就这样毁了，因为她在大庭广众之下出了丑。但是她并没有给任何人留下深刻的印象，而是活在她自己充满悲哀的眼泪里，她是一个失败者。

小琼不禁想到了自己的舞会经历，觉得自己和这个女人的做法又有什么两样，这是多么的愚蠢，因为原来并没有人会很认真地关注你。

这件事给了小琼很大的启发。在接下来的一段时间里，她常常反思自己这么多年来的想法，觉得自己原来就是因为太在意世俗的眼光，才过得不快乐。而别人的看法，并不是人生的真正意义所在。自己的人生要为自己而活，而不是为别人的眼光而活。在那一瞬间，小琼想通了。从此，她不再在意别人的眼光，而只在乎自己心灵的感受，渐渐地她变成了一个在别人眼中充满自信、充满活力的成熟女人。

女孩励志课堂

人们往往都很顾及面子。一旦步入这个误区，我们就会轻易地受着面子的折磨，像小琼这种为了别人的一句评论而活是很累的。但愚蠢的人大有人在。这些人并没有懂得人生的意义。一个人只有懂得享受自己的生活，才不会为一些消极思想、负面评论影响到，才会体味到高兴、幸福、满足的人生滋味。

女孩如何做最好的自己?

生活并不都是光彩艳丽、尽善尽美的。女孩要做最好的自己,才能拥有美丽幸福的生活,才能健康成长,其实要做到这一点最主要的就是心态。

红花虽好,但如果没有绿叶的衬托依然显现不出她的美丽。有事事争第一,处处成焦点的思想是好的,但如果伪装自己的真实状态,刻意地争取,并不一定是件好事。就像小琼为别人的评论和赞美而活是很累的。你可以根据自己的实际情况安排自己的学习,不要并不喜欢音乐,而看到同学们都去学,也跟风上,效果只会事倍功半。

9. 自信是成功的助力器

小琪今年13岁了,学习成绩很好,性格也很随和,但是唯一的缺点就是胆子特别小。一天,老师让她报名参加学校举行的朗读比赛,可是小琪并没当时就同意,而是说要回家和爸妈商量一下。回家后她对父母说:"老师让我去报名参加学校举办的朗读比赛。"

父母听到这个消息表示一致的赞同:"太好了,你报名了吗?"

"还没有呢。"小琪低声说。

"为什么?"父母奇怪地问,这是很多同学想争取都争取不到的机会。

小琪却很没底气地说："我有点害怕，台下可能会有许多人看着。"

父母知道了小琪的想法，商量之后说："我想你还是先报个名吧，这个比赛可以很好地锻炼自己。不过这事儿你还是得自己决定。"

但是小琪仍然没有任何动静，两天之后老师打来电话，让小琪的父母说服小琪去报名参加比赛。

这天放学后，父母很郑重地与小琪进行了一次谈话。他们说："首先，我们并不是强迫你一定要报名，这件事的主动权还是在你自己，我们主要是想和你谈谈参加比赛的利弊问题。比赛并不是名次第一就好，还有很多精髓在里面，比如可以锻炼你的能力，发掘你的潜能，在同学和老师心中树立你的形象，这些比竞赛的名次更加重要。老师打来电话说相信你的实力，我们对你的比赛结果都不太关心，关心的只是你是不是想用这一次机会去锻炼自己。"

在父母耐心地劝导和鼓励下，小琪第二天就去报了名。

小琪的父母知道女儿很聪明，只是她胆子太小了，她不敢想象自己站在台上面对那么多的观众朗读会是一种什么样的感觉。她的父母想让她锻炼一下自己，将来能够更好地独立生活，从另一个角度来说小琪也是想通过这个机会锻炼一下自己的能力和胆量，发掘自己的潜能，明白自己只是有些发憷，需要父母给加油，同时又能够消除名次的压力。

小琪的父母很会教育孩子，他们表现出对孩子充满信心，但他们并不强迫孩子，而是让她自己来做这一决定。

通过这件事，小琪的胆子变大了，也增强了她处事的独立性和勇气。父母的鼓励使她自己做回主人，自己的事情自己做主，给她提供了一个很好的锻炼机会。

人若失去自我，是一种不幸；人若失去自主，则是最大的缺憾。所以，要主宰自己的命运，做自己的主人。

美丽成长智慧库

女孩如何使自己成为生活的主人？

现在有的女孩成了真正的"温室之花"，吃穿住行都是父母们一手操办。从近处说，选择学校，选择书本，选择朋友，选择服饰；从远处看，选择自己的事业、爱情和大胆地追求崇高的精神，都是靠父母。

其实，你的成功完全取决于自己。自己主宰命运，将来才会创造更多的奇迹。具体在学习和生活中，应该掌握前进的方向，把握住目标，让目标似灯塔般在高远处闪光。还要学会独立思考，有自己的主见，懂得自己解决问题。你的品格、你的作为，你所有的一切都是你自己行为的产物，并不能靠其他什么东西来改变。

在生活道路上，必须善于做出抉择，不要总是踩着别人的脚步走，不要总是听凭他人摆布，而是要勇敢地驾驭自己的命运，调控自己的情感，做生活的主人。

10. 卓越铸就成功

丽凯在20世纪60年代初期就退休回家了，按理说是可以安享晚年了，但是一向闲不下来的她并没有停止下来，甚至有了一个很冒险、很大胆的想法，那就是把自己一辈子积攒下来的钱作为全部资本，创办化妆品公司。

为了支持母亲实现"狂热"的理想，两个儿子也"跳往助之"，一个辞去人寿保险公司代理商职务，另一个也辞去月薪7000元的职务，加入到母亲创办的公司中来，而且是心甘情愿地只拿生活费。丽凯知道这是背水一战，是在进行一次人生中的大冒险，弄不好，不仅自己一辈子辛苦攒的积蓄将血本无归，而且还可能葬送两个儿子的美好前程。

在公司成立后的第一次展会上，丽凯隆重推出了一系列功效奇特的护肤品。他们原以为凭借自己的产品，完全可以在这次活动中独占鳌头，但是出乎意料的是整个展销会下来，她的公司只卖出去90元的护肤品。

出师不利的丽凯不禁失声痛哭。但是，哭过之后她并没有一蹶不振，而是反复地问自己："丽凯，你究竟错在哪里？"经过仔细分析，认真查找原因，她终于悟出了失败的原因：

在展销会上，她的公司从来没有主动请别人来订货，也没有向外发订单，而是希望女人们自己上门来买东西。可是，消费者连你的产品都不知道，又怎么会主动找上门来呢？现在品牌效应是很重要的，少了宣传的产品就像没有华丽服饰装扮的美女，即使再美丽如果不用心挖掘也是很难看到她的独特存在的，难怪在展销会上落得如此下场。

于是丽凯擦干眼泪，从第一次失败中站了起来。她在抓生产、抓管理的同时，还加强了销售队伍的建设，加大了广告宣传的力度……

功夫不负有心人，经过20年的苦心经营，丽凯化妆品公司由初创时的雇员9人发展到现在的5000多人，由一个家庭公司发展成为一个国际性的大公司，拥有一支20万人的推销队伍，年销售额超过3亿美元。她也因此成为大器晚成的化妆品行业的"皇后"。

女孩励志课堂

梦想是没有年龄界限的，丽凯算是大器晚成。她能坚持自己的梦想，并且能朝着自己的目标努力前行。这个目标的实现靠的是不断的进取心、努力前行的动力和永不停歇的脚步。可见，进取心能够激发人的潜能，会使人快速成长、开花、结果，也会使我们的人生变得更加崇高。

美丽成长智慧库

女孩怎样培养进取心？

永不停息的进取心最终会成为一种伟大的自我激励的力量。一旦你有幸受这种伟大推动力的引导和驱使，就会成长、开花、结果。但是如果你在生活中总是浅尝辄止、安于现状、不思进取，是不会做出什么大成绩的。

首先在学习上一定不要取得一点成绩就沾沾自喜，故步自封，而是要向着更高的目标努力。

其次，一定要有崇高的理想。没有理想的人，就如同在黑暗的路上行走，漫无目的，找不到方向。一个具有崇高目标、期望成就大业的女孩，总会不停地超越自我，拓宽思路，扩充知识，敞开生活之门，努力比周围的人走得更远。她们有足够坚强的意志，激励着自己做出更大的努力，争取得到最好的结果。

第9章

宏伟理想——未来掌握在自己手中

1. 两种选择，两种人生

　　小萱出生在很富有的家庭，她的爸爸是当地很有名的整形外科医生，妈妈在当地一所中学任教务主任。优越的家庭条件为小萱实现理想提供了现实的基础。她从念中学时候起，就一直梦想着成为一名电视节目主持人，因为她喜欢主持，也认为自己具有这方面的才干。她自己常说："只要有人愿意给我一次上电视的机会，我相信我一定能成功。"但是她把理想只停留在意念的阶段，并没有为理想做些什么，而是总等待奇迹的出现，希望一下子就当上电视节目的主持人，结果奇迹并没有出现。

　　试想，有谁会愿意聘请一个毫无经验的人去担任电视节目主持人？

　　另外一个名叫小竹的女孩跟小萱有着相同的梦想。她也想成为电视节目主持人。但与小萱不同的是，她最终实现了自己的梦想。原因很简单，因为小竹并没有白白地等待机会出现，她不像小萱那样有可靠的经济来源，而是要白天出去打工，晚上在大学的舞台艺术系上夜校。毕业之后，还要为谋职而四处奔波。为了实现自己的梦想，她跑遍了城市里所有的广播电台和电视台。但是，每次得到的答案都如出

一辙："你连经验都没有，我们是不会雇用的。"可是，小竹不愿意退缩，也没有像小萱那样等待机会的出现，而是走出去寻找机会。

她一连几个月仔细阅读广播电视方面的杂志，最后终于看到一则招聘广告，北方一个城市有一家很小的电视台招聘一名天气预报的女主持人。

小竹是南方人，对于北方寒冷干燥的天气很不适应，但是为了理想，有没有阳光，是不是下雪都没有关系，她现在最迫切希望的是找到一份和电视有关的职业，干什么都行！于是她抓住了这个工作机会，立即动身前往北方的那个城市。

小竹在那个北方城市工作了两年，然后又去了北京，并在那里的一个电视台找到了一份工作。又是五年过去了，她终于得到提升，成为了她梦想已久的节目主持人。

小萱和小竹有着相同的理想，但却有着不同的追求理想的方式，当然结果也是截然不同。她们的分歧点就在于：小萱在10年当中，一直停留在幻想上，坐等机会，期望时来运转；小竹则是采取行动，不畏困难，不断地充实自己，最终实现了理想。

女孩励志课堂

失败者谈起别人获得的成功时总会愤愤不平地说："人家有好的运气。"而从来不从自身找原因。他们行动迟缓，总是等待着有一天会走运。他们把成功看做是降临在"幸运儿"头上的偶然事情。而成功者都是勤奋的人。他们从来都不等待运气的降临，而是忙于解决问题，忙于把准备工作做好，因此最终也会得到好运的垂青。

怎样成为一个敢于追梦的女孩？

理想是人生的指示灯。只有坚持远大的人生理想，才不会在生活的海洋中迷失方向。那么，要成为一个敢于追梦的女孩，具体要怎么做呢？

首先，要努力学习科学文化知识。没有知识武装的头脑就是一个空空的壳子。没有知识作为后盾的理想也只是一个空想。所以，你无论有什么高深的理想，都一定不要扔掉知识这根拐杖，不要小瞧知识的力量。

其次，一定要有坚定的信念。理想不是用大脑想一想就会实现的。它需要付出艰辛的努力和代价。如果没有坚定的信念，理想是不会自动垂青于你的。女孩们一旦确立了理想，就要坚定不移地走下去。有一位哲人说过："梦里走了许多路，醒来还是在床上。"它形象地告诉我们一个道理：人不能躺在梦幻式的理想中生活。所以，人不仅要有理想，更要努力去做。

2. 永不贬值的梦想

宛若拥有一个姐妹们都很羡慕的幸福家庭，丈夫事业有成，女儿乖巧懂事，而她也不必为了生计而出去工作，每天在家里过着相夫教女的生活。

每天，丈夫上班、女儿上学后，宛若就可以自由掌控剩下的时间

了。因为她很喜欢看情景剧，所以每天都把大部分时间消耗在这件事情上，直到有一天发生了一件事，才让她开始重新思考自己的人生。

一个星期天的上午，宛若正在卧室里打扫卫生，6岁的小女儿咪咪走了进来，好像有什么事似的，在她的身边坐下。

"妈妈，你长大以后想成为什么？"咪咪很严肃地问道，而且要妈妈绝对不要撒谎，认真地回答问题。

宛若以为女儿又在玩什么想象力游戏了。所以，为了配合女儿，她假装认真地回答道："当我长大以后，我最想做你的妈妈。"

"你不能这样说，因为你已经是妈妈了。一定要告诉我，你想成为什么？"咪咪紧逼着问道。

"对不起，宝贝，"宛若有些不明白女儿到底在想些什么，"因为妈妈真的不明白你在期望一个什么样的答案。"

"妈妈，你只要回答你长大后想成为什么就可以了。你可以自己决定你想成为什么人！"

宛若被女儿问地愣住了，自己到底还能成为什么呢？现在已经35岁了，有一个事业有成的丈夫，有一个活泼可爱的女儿……对她来说，人生难道还能有什么其他的改变吗？

她整理了一下思绪，然后用一种征询的语气问女儿："你认为妈妈还能成为什么人呢？"

咪咪用怀疑的眼神看着妈妈，十分肯定地告诉她说："你可以成为你希望成为的任何人！不过，这要由你自己决定。比如说，你可以成为一个宇航员，或者是一个钢琴家，一个电影明星……总之，只要你愿意什么都可以！"

听完女儿的话，宛若非常感动，因为她没有想到在女儿幼小的心灵中，妈妈还可以继续长大，还有很多机会去实现自己的梦想，去做她想成为的人！在她眼里，未来永远不会结束，梦想永远不会过时。

自从与女儿交谈后，宛若开始了全新的生活——她开始起早锻炼身体，并把每晚看情景剧的时间变为读10页有用的书。她开始用新奇的眼光观察周围的一切！当用一种全新的心情看待世界时，她竟然感觉到了自己的活力无限，感觉到自己可以焕发出青春的激情，可以用重燃的热情面对生活。

女孩励志课堂

岁月如飞刀，刀刀催人老。有些人认为理想是年轻人的事，只有年轻人才具有追梦的资本，这种想法是错误的。虽然我们不再年轻，但是我们依然有着追梦的资本，因为只要心在梦就在。就像宛若，只要意识到自己还能长大，梦想就依然存在，未来就永远不会结束，因为梦想永远都不过时，一切都会变得美好！

美丽成长智慧库

女孩怎样选择自己理想的榜样？

每个人都有自己的理想。但是，理想的树立不是凭空想象出来的，而是一个人在受到某一个人、某一件事的影响和触动之下，才会在自己的脑海或意识中形成的一种信念。纵观历史，但凡有成就的女性无一例外都是有自己的榜样和心中榜样的支撑才有无数个壮举的诞生。

榜样的力量是无穷的。之所以能称得上榜样，是因为在那些人的身上具有常人所不具备的东西。通过学习，与自己的行为加以对照，就会比较出哪些不足和缺陷，进而改正自我，形成一种无形的力量支撑着自己不断前进。但

是，选择榜样也是很有考究的，一定要根据自己的实际情况，切勿好高骛远，不切实际。这样才能真正起到促进的作用。

3. 执著目标改变一生

晶晶出生在一个富裕的家庭，父母从小就把她送进了贵族学校的幼儿班，让她接受最好的教育。然后是贵族小学，贵族中学……课余时间，父母还为她请了许多家教，教授音乐、绘画等各种才艺。晶晶也不负父母所望，不仅学习成绩很优秀，各项才艺也都顶呱呱。但是，她却总是感觉不到真正的快乐，觉得自己好像缺少点什么。

晶晶的叔叔是一位心理学教授，他就一直不太赞同晶晶的爸爸对她的教育。在他看来，对一个孩子的成长来说，好的学习成绩和各种才艺并不是最关键的，最关键的是树立正确的人生目标，而晶晶缺少的也似乎正是这一点。叔叔经常语重心长地劝告晶晶不要沉溺于安逸的生活而碌碌无为，虽然看起来那样是很幸福的生活，其实那只是表面的幸福，人生的意义并不在于此。

聪明的晶晶对叔叔的教导若有所思，是啊，庸庸碌碌的生活确实没有什么意思，人总得有点追求才对。

于是晶晶想人生是应该有点追求，有点目标才行。她想像叔叔那样做一个出色的心理学家，她决定报考医学院。

转眼间，晶晶高中快毕业了。有一天，叔叔专门找她聊天，问她准备报考哪所大学。

没想到晶晶回答说："我要报考医学院，将来也要像您一样当一名医生。"

听了侄女的回答，叔叔心里暗自高兴，但是仍然装作很担忧的样子说："哎呀，医学院可不是谁都能考上的，而且学医要接触血啊、解剖啊，你胆子那么小，能坚持下来吗？"叔叔边说，边假装一脸不信任地看着晶晶。

叔叔的激将法把晶晶的好胜心激发了出来。她很不服气地说："那有什么难的，我相信自己一定能考上。"

"好，那叔叔就等着你的好消息了。"叔叔显出十分期待的样子。

叔叔走了之后，晶晶心里也犯起了嘀咕："是啊，医学院的分数线都是很高的，凭自己现在的成绩恐怕很难考上。而且即使考上了，就像叔叔说的，自己胆子这么小，那些解剖课之类的，自己能够坚持下来吗？"可是，自己已经在叔叔面前承诺了，一定会考上，而且一定会成为医生，必须要遵守诺言才行。

于是，在接下来的几个月时间里，晶晶十分刻苦地复习，父母看她决心这么大，也十分支持她。最后，在高考中，晶晶终于如愿以偿地考上了一所知名的医学院。

在医学院学习的五年中，晶晶也逐渐克服了胆子小的缺点，十分刻苦地学习。最后，她以优异的成绩从医学院毕业，成为了医院的一名实习医生。

女孩励志课堂

梦想，是一个目标，是让自己奋斗的原动力，是让自己开心的原因。晶晶从一个没有梦想的女孩，在叔叔的影响下成了一个敢于做梦的女孩，再由一个为了兑现梦想的诺言，不断地将自己的努力付诸实践，最后成功的女孩。由此可见，梦想的力量是多么地强大，它会给一个人带来无穷的财富。

第四篇 "EQ"女孩——兼收并蓄的人生才最成功

女孩怎样树立正确的人生观？

人生观是对人生的价值、目的、道德等观点的总和，是对人生的根本看法。它不仅决定着一个人对周围事物的态度，而且调节人的行为、活动方向和进行方式。那么，女孩要怎样树立正确的人生观呢？

首先，一定要正确地看待生活。当你在树立人生观的时候一定要客观地看待生活，要把追求幸福当成人生的奋斗目标，人的一生应当是不断地积累快乐才构成幸福。

其次，要选择高尚的人生观。人生观是可以选择的，有错误的人生观也有正确的人生观，不同的选择会决定不同的人生。

再次，要有坚定的信念。在大千世界中，许多事情都不是以人的意志为转移的。但是信念对人的作用是不可低估的。具有坚定信念的人，无论是来自思想意识或宗教信仰，还是来自丰富的经验，都能在最恶劣的环境中取得最好的结果，只有这样才会更能正确地树立人生观。

4. 不要为短暂的停留错过前面的风景

妮妮出生在一个商人家庭，她从小就有一个伟大的梦想，那就是长大后能当一名演员。因为她天生丽质，再加上出色的演技，在她20岁的时候，终于如愿以偿成为了一位著名演员。

正当她的事业蒸蒸日上的时候，却被牵扯进政治旋涡中，被迫离开了梦想的舞台。十几年的时间就这样匆匆而过。当她想重新回到自己喜爱和熟悉的演艺圈时，却发现昨天的舞台已经不会重现。尽管她演技出众，但是因为当年的政治事件成为她履历上的一个污点，主流电影媒体对她敬而远之，再加上妮妮大好的青春年华已经不再，所以年近半百的妮妮仍然独来独往，形单影只。

但是在妮妮内心深处有一股力量支持着她绝不要就这样走完人生，而且她也不甘心如此。经过仔细的思考，她决定换一种生活方式，重新开始自己的人生和生活。她做了一个大胆的决定：只身深入非洲原始部落，采写、拍摄独家新闻。在接下来的两年时间里，妮妮克服了重重困难，她顶住了心理和生理上的巨大压力，不畏艰难险阻，拍摄了大量的当地人的生活影集，这些照片为她在摄影界赢得了一席之地。

妮妮的奋斗精神和曲折经历深深吸引了她的一位好朋友，因为共同的兴趣和爱好让她们超越了年龄的隔阂。从此，妮妮和她的好朋友一起深入世界各地探险、拍摄。

为了能使自己的拍摄才华与神秘的海底世界融为一体，妮妮不畏惧年龄的限制，又学会了潜水。随后，她的作品中增添了海洋记录，值得庆幸的是这段海底拍摄生涯一直延续到她百岁高龄。

再后来，妮妮以一部长达45分钟的纪录片为自己的艺术生命画上了一个圆满的句号。之后，她被评为最具有影响力的艺术家之一。

女孩励志课堂

一个人选对了人生的方向，确定了人生目标，再加上坚持不懈地努力，那就意味着她开始接近成功。那些碌碌无为的人往往不是因为智商不够，也不是没有理想，只是在选择人生的方向的时候出现了问题。积极进取的女孩除了要为自己的理想而奋斗，还要为自己选对方向。

做个阳光上进有出息的女孩

女孩怎样成为生活的强者？

有人把生活比作一条奔腾的江河，有险滩，有暗礁，有巨浪。只有争做生活的强者，才会不惧艰难险阻，勇敢拼搏，战胜重重困难，最终到达成功的彼岸。那么，女孩应该怎样做才会使自己成为生活中的强者呢？

首先，必须要拥有强者心态。强者心态，能让人敢于面对残酷的竞争，能让人面对困难时更坚强，能让人不去计较眼前的成败得失，能让人站在更高的角度冷静客观地思考问题。

其次，一定要有奋斗的目标。每一个成功者都是在人生目标的驱使下一步一步地迈向人生的最高峰。所以，没有奋斗目标是很难走向成功的。

再次，一定要有一个乐观的心态。想成为生活的强者没有一个乐观的心态是不行的，因为在实现目标的过程中不会一帆风顺的。如果没有乐观的心态，遇到困难就退缩低头，是不会成为强者的。

5. 超越自我，先制定一个人生规划

高先生是一位著名的职业策划师，他很喜欢打高尔夫球。有一天，当他在球场上打球时，一个球没打准，球滚进了球场边缘的杂草区。正好那里有一个清扫落叶的大三女生，她叫小宇，是利用暑假来

球场打工的。小宇看见高先生在那里找球，就帮他一起找。当找到球后，小宇很犹豫地说："高先生，不知道您什么时候有时间，我想向您请教一些问题。""你认识我吗？"高先生问道。"是的，我曾听过您的讲座。"小宇回答。

20分钟后，小宇和高先生来到球场的树荫下坐了下来。高先生问她："有什么问题你尽管问吧。""具体的我也说不上来，只是觉得快要毕业了，想要自己做一点事情，但是一点目标都没有。"小宇很烦恼地说。"那你能够具体地说出你想做的事情吗？"高先生接着问。"我自己也不太清楚。我只是想做和现在不同的事，但又不知道做什么才好。"小宇显得很困惑。"那么，你准备什么时候实现那个还不能确定的目标呢？"高先生又问。

小宇对这个问题似乎既困惑又激动地说："我也不知道。因为我还不知道有一天我想做什么事。"

于是，高先生问："那你想过没有自己到底喜欢做什么事？"她想了一会儿，说想不出有什么特别喜欢的事。

高先生接着说："原来是这样，本来你是想做一些事，但是又摸不到头脑，不知道做什么好，又不知道自己的兴趣所在，所以你才会感到迷茫。"

听完高先生的分析，小宇有些不好意思地点头说："我真是个没有用的人。"

"小宇，其实你没有必要这么自责。你应该为自己感到高兴，因为你已经把自己的想法梳理出来了，这就是一个进步，你现在只是缺乏整体构想而已。如果加上你的上进心，把理想整理出来，不是不能实现的。我理解你，也相信你。"

然后高先生又建议小宇花一点时间去考虑自己的将来，最主要的是要确定自己的人生目标，并根据实际情况制定何时能实现这个目标，得出结论后不妨写在纸上，然后再来找他。

半个月后，小宇显得有些迫不及待，精神上看起来完全像变了一个人似的，这次，当她出现在高先生面前时，不仅带来了崭新的面

貌，还带来了明确而完整的人生规划。她的近期目标是要成为她现在打工的这个高尔夫球场的经理。因为听同事说现任经理5年后就退休了，所以，她把达到目标的日期定在5年之后。高先生看了小宇的人生规划，并没有提出任何具体的改进方案，只是给她几句鼓励性的忠告而已。

在接下来的5年里，小宇按照自己的人生规划，在工作之余不断给自己"充电"，使自己完全掌握了担任高尔夫球场经理人所必备的基本素质和管理才能。结果在5年后，球场招聘经理这个空缺时，没有一个人可以成为她的竞争对手。小宇终于如愿以偿地实现了自己的人生目标。

女孩励志课堂

有理想与事业心的女孩是优秀的。要想成就一番事业，或者实现一个人生目标，都要先尽早做出人生规划，从小事做起，不断地完善自己、提升自己，展现出自己的才华。就像小宇一样，如果她没有及早规划好自己的人生，就不会有五年后的成功。

美丽成长智慧库

女孩怎样学会规划自己的人生？

古人云："凡事预则立，不预则废。"如果没有一个目标，做起事情来就会一团糟。要想使自己的人生更精彩，就应该及早地规划自己的人生。那么，女孩具体应该怎样规划自己的人生呢？

首先，要真正地了解自己。每个人从旁观者的角度看待别人的事都是头头是道，但是真正落实在自己的身上则是过于主观，不能正确地看待自己。所以，只有能够真正了解自己的人，才会进步很快，成功的机会也才会更大。只有了解自己，才会准确地制定出人生的奋斗目标，并坚持不懈地走下去，最终也就会慢慢走向成功。

　　其次，要不断积累经验和财富。当一个人从迷茫中走出来，找到了自己的人生目标之后，就要不断地为目标积累经验和知识。只有这样才会为实现人生规划奠定基础。

6. 一位70岁才拿起画笔的画家

　　她出生在一个农民家庭，是一个苦命的孩子，刚一出生就没有见过自己的父亲。在她上小学四年级的时候，母亲便和一个相爱已久的青年离家出走，从此杳无音讯。

　　迫于生活的无奈，她不得不辍学到一家农场当雇工。她需要每天5点起床，做30多人的早饭，然后去割干草、照料牲畜、熬奶油，一直到晚上10点才能上床睡觉。这对于一个十几岁的孩子来说无疑是一个很大的人生考验。

　　因为残酷的现实生活，她不得不劳作，而且这一干就是16年。27岁时，她与在另外的农场干活的一个青年雇工马斯结婚，并先后生育了11个孩子。繁重的生活负担让她在婚后的几十年里，几乎没有离开过家，所有的时间都是在照料孩子的忙碌生活中度过的。

　　40年的光阴就这样过去了，在她67岁时，丈夫被马踢伤，不久

便不治身亡。子女们都已经成家立业，她就和小儿子儿媳一起生活。但是由于积劳成疾，她患上了风湿症的手指开始麻木，失去了劳动能力。时间长了，连小儿子也开始嫌弃她了，觉得她是一个多余的人。所以老人为了恢复手指功能，在她70岁时，用自己过去使用农具和织针的手拿起了画笔。

说是画笔，其实只是一把现成的刷漆用的板刷。她用这把板刷蘸着刷门廊和厨房地板用的油漆开始画起画来。对她的行为，所有人都感觉到不能理解，以为是老人年岁大了，精神也出现了问题。就连她的小儿子一家人也完全漠视她的存在，放任她每天在自己的房间里四处涂鸦。直到有一天她创作的第一幅作品装饰在有名的商品陈列窗时，小儿子才不禁大声惊呼："天哪，原来我妈妈是个画家！"而此时她已经75岁高龄了，人们也正是通过这幅作品第一次知道了她的名字。

很快，这个消息被各大报刊相继刊载，人们被这位老人能在古稀之年学画画的精神所感动，但是更多的是被她作品中所表现出来的原始而古朴的气息所震撼。没过多久，这位老人的作品被传到了国外，一家美术馆收购了她的一幅作品。后来，她又在美术馆举办作品展，没想到排队来参观的人竟然达11万之多。

这位老人的一生充满了传奇的色彩，但是最终她是一个幸福的人。从她70岁拿起画笔到101岁去世前的25年里，一共创作出了近300幅作品，其中有100多幅作品被世界各地的美术馆所收藏。

女孩励志课堂

有的人总把懒惰当成拒绝学习的借口。古人云："活到老，学到老。"一个人在想学的时候就要学，什么时候都不算晚。只有不断学习，才是一个人不断取得进步的必备条件。所以，不要怨天，也不要怨地，要从自身上找找原因。一位70岁才拿起画笔的老画家都能成功，你又有什么不能？

怎样学会永不停步的学习精神？

首先，要有目标有理想。如果你想成为一个有成就的人，就一定要树立自己的目标，确定自己的理想。只有有了目标有了理想，你才会朝着那个方向努力，也才会有一直学下去的动力。

其次，一定要勤奋。卡莱尔说过：天才就是无止境刻苦勤奋地努力。只有勤奋才会不断追求更进一步的目标，也只有勤奋才会在学习的过程中永不停步地积极找出问题，勇于克服，进而解决问题。

再次，一定要有耐心和毅力。罗马不是一天建成的。你也不可能一天就实现自己的目标和理想，而是要能够长久地坚持下去。这就需要考验你的耐心和毅力。做一个坚持到底的人，才会有成功的希望。

第10章
自由飞翔——小女子勇闯大世界

1. 嘲笑会让你失去好人缘

阳阳和小莫是一对形影不离的好姐妹。一天，两个人在花园里踢毽子，由于阳阳对踢毽子并不擅长，于是小莫很不屑地说她笨。阳阳认为小莫对朋友太傲慢了，连基本的礼貌都不懂，于是很生气地回家了。一对很好的朋友就因为这一点小事闹得不欢而散。

当天晚上，小莫的妈妈知道了这件事，把她叫到了身边。她并没有劈头盖脸地批评女儿，只是给她讲了一个格林童话，故事的情节是这样的：

从前，河边上住着一个泥偶和一个木偶。在一个干旱的季节里，泥偶和木偶度过了一段朝夕相处的日子，但是时间一长木偶渐渐就看不起泥偶，总是找机会恶言挖苦泥偶。

一天，木偶又带着嘲笑的口吻对泥偶说："你原来是岸边的泥土啊，人们把泥土揉弄在一起捏成了你。别看你现在有模有样的，精神气十足，等到了七八月，大雨来临的时候，你就会被水泡成一堆稀泥。"

泥偶对木偶的讥笑并不在意，而只是严肃地对它说："谢谢你的关心。不过，事情不会像你说的那么糟糕，因为既然我是用岸边的泥土捏成的泥人，那么即使被水冲得面目全非，变成了一堆稀泥，也仅仅是还原了我本来的面目，让我回到岸边罢了。但是你跟我就不一样了，你本来是一块桃木，但却被雕成了人样。一旦进入雨季，河水猛涨，波涛滚滚的洪水就会把你冲走，到那时，你就会无法掌控自己的方向，只能随波逐流，不知会漂泊到什么地方。老兄，还是多为自己的命运操操心吧！"

听了童话故事的小莫感到羞愧难当，而且意识到了自己的言行对阳阳的伤害。第二天，她就主动向阳阳道歉，于是两个人又和好如初，每天形影不离了。

女孩励志课堂

与人交往难免会有磕碰，但是如果你采用报复的方式，只会使矛盾越来越激化，甚至会出现意想不到的后果。所以，当对方出言不逊或者冒犯你的时候，要做到退一步海阔天空，凡事不要太计较。多一些宽容，多一些理解，才能化解矛盾，更能显示出你的涵养与自身素质。

美丽成长智慧库

女孩如何让自己成为值得信赖的人？

人与人之间相处是建立在互相尊重的基础上。没有彼此的尊重就不会有真挚的友谊。正所谓：你敬人一尺，人敬你一丈。

要想在交往中成为值得信赖的人，也并不是一件容易

的事。因为生理特点决定了女孩的心都比较细，而且对涉及自己的言行很敏感。所以，在生活中，对自己看不顺眼的事情，要尽量平心静气地去沟通，消除彼此间的误会，相互体谅。这样，一滴凉水才不会结成冰山。

生活就是一个充满矛盾的存在，为人处世中难免会发生摩擦。这个时候，就要做到宽容，即使对方不慎冒犯了你，你也不必记恨对方，或者产生愤怒的情绪，更不应该采取激烈的措施报复对方，使矛盾激化。这样只会给自己带来更大的痛苦。

因为平等的交流，友善的交往，才会使你的生活很愉快，也才会使你成为一个值得尊重与信赖的人。

2. 友善待人，赢得信赖

夏菡的化妆品公司在圈内是很知名的。为了扩大公司产品的影响力，她所用的化妆品都是自己公司生产的，她也不建议公司职员使用其他公司的化妆品。因为她有一个理念就是：推销员一定要用自己推销的产品，否则这些人是无法说服别人购买他的产品的。那么，她是怎样把这一理念传输给员工的呢？

有一次，夏菡发现公司的一名销售经理正在使用另一化妆品公司生产的粉盒及唇膏。当时她很生气，但是并没有当面责备那位销售经理，而是借机走到她身旁说："有一个问题我想请教你，你为什么在自己化妆品公司里使用其他公司的产品呢？"夏菡的口气十分轻松，脸上洋溢着笑容。那位经理面对夏函很不好意思，脸微微地红了。

事情并没有这样结束，这件事给夏菡提了一个醒。几天后，她送给那位销售经理一套公司的口红和眼影膏，并且依然态度温和地说："如果在使用过程中觉得有什么不适，欢迎你能及时地告诉我。先谢谢你了。"那位销售经理被夏菡的行为深深感动。再后来，公司所有的新老员工都自愿使用本公司的化妆品，而且公司也为每位员工做了一整套适合他们的化妆品和护肤品。夏菡还经常亲自做详细的示范，并告诉每一位员工，以后员工在公司购买化妆品可以打折。

就这样，夏菡用她真诚的态度和谦和友善的话语，很自然地与员工打成一片，成功地向他们灌输了她的经营理念，从而有了一个精良的团队，也铸就了她今天的成就和辉煌。

女孩励志课堂

态度决定命运。不要小看一个眼神，一句话，一个动作的力量，它们往往会决定事情的成败。故事中夏菡在面对员工用别的公司的化妆品时，选择了友善的态度，这是一种很好的交流方式。这种方式易于消减人与人之间的隔膜，进而使传达者有效地把自己的思想传递给被传达者。所以，友善的力量是巨大的。学会这一交流方式，会对你以后的发展至关重要。

美丽成长智慧库

女孩怎样做到友善待人？

"友善"是人际交往中必须具备的道德。如果你能以

"与人为善"的态度去处理日常生活中各种各样的人际关系，你的生活就会充满阳光。那么，在和别人打交道时，如何做到"与人为善"呢？

首先，要学会宽容。宽容就是人与人之间相处时能充分地理解他人、体谅他人，拥有宽阔的胸怀。你只有学会站在别人的立场上体谅别人，原谅别人，才能使自己的周围充满欢乐。

其次，要学会说"对不起"。我们生活在一个集体里，难免会发生矛盾，每当出现这种情况，真挚地说一声"对不起"，表达自己的歉意，请求对方的原谅，也许矛盾就会轻易化解。开阔的胸怀和彬彬有礼的态度，远比唇枪舌战更有效，也更能显示你的胸怀。

最后，要真诚待人。你只有真诚地对待别人，别人才会以真诚回报于你，你才会处在一个和谐友善的环境中。

3. 赞美的力量

王先生和王太太都是建筑师，他们共同经营着一家建筑设计所。他们平时工作都很忙，家里的一切家务都由保姆来完成。可是最近，保姆老家有急事必须回去几个月，王先生和王太太没办法，只好再请一位临时的保姆。

在众多应聘者中，王太太最终选中了一个叫小碧的女孩，告诉她从下周开始上班。

王太太是个很有心计的人。她在小碧上岗前打电话给她的前一位雇主，仔细询问了小碧的工作态度和雇主对她的评价，得到的答复是，他们对小碧很不满意。

尽管如此，王太太并没有改变自己的决定，依然像不知道一切的样子，等着小碧来上班。

小碧上班的那一天，王太太对她说："几天前，我打电话请教了你的前任雇主，她很客观地评价了你，说你非常老实可靠，而且煮得一手好菜，对照顾孩子方面也是很有经验，能做到细心周到，无微不至。但是每个人都不是完美的，你的美中不足就是在理家方面稍有一点外行，所以雇主对你在这方面稍微有点质疑，总觉得屋子没有被收拾干净。当然，我想那个雇主的话并非完全可信，因为我从你的穿着上就能看出来，你是个很讲究整洁的人，并不会像他们说的那样。总之，我对你是充满信心的，我相信你一定会把家里收拾得既干净又舒服。"

王太太下班回到家后，家里真是大变样。小碧果然把她的家打扫得干干净净，一尘不染。王太太非常满意，在接下来的时间里她们相处得也很愉快。

女孩励志课堂

赞美别人，是一种气度，一种发现，一种理解，一种智慧，一种境界。作家米兰·昆德拉说："人的最大快乐是受到赞美。"赞美的力量就像雨后的阳光滋润着人们的心田，使人们受到极大的鼓励。每个人都喜欢听到别人赞美的话，这往往对人是一种鞭策和鼓励。所以，女孩在与人交谈的过程中，不要吝啬赞美他人，毕竟赞美不需要劳动，也不需要花费金钱。

女孩如何掌握赞美的沟通技巧？

首先，要从实际出发。尺有所短，寸有所长。赞美一个人要找他身上的优点、闪光之处。要从对方的实际情况出发，切不可虚夸。

其次，赞美要做到情真意切。虽然人都喜欢听赞美的话，但并非任何赞美都能使对方高兴。为了赞美而赞美，暴露的也只会是你虚伪的一面。

再次，赞美的时候要做到合乎时宜。赞美的最佳方式是能见机行事、适可而止，真正做到"美酒饮到微醉后，好花看到半开时"。

最后，要把赞美看作如雪中送炭一样。俗话说："患难见真情。"最需要赞美的不是那些早已功成名就的人，而是那些因被埋没而产生自卑感或身处逆境的人。他们平时很难听到赞美的话语，一旦被人当众真诚地赞美，便有可能振作精神，大展宏图。因此，最有实效的赞美不是"锦上添花"，而是"雪中送炭"。

4. 分享的快乐

小若从事花木经营，在家乡的那个小县城里她是一个很精明能干的女商人。有一年，她从云南引进了一种罕见的花木品种，在自家的苗圃里栽培，计划两三年后，将这个品种投入到市场上。因为她抓住了物以稀为贵的道理，相信这种花木一定会抓住市场，卖个好价钱，为自己带来巨大的经济效益。

第二年的春天，小若引进的这种罕见的花终于开放了，而且鲜艳美丽，香飘四方，引来周围邻居和亲友的赞誉。很多人想跟她要一点这种花木的种子，在自家的苗圃里也栽种一些。

但是私心很重的小若心想，如果邻居们种成功后，会与自己抢占市场，于是就婉言拒绝了。

第三年的春天，又到了开花的季节。小若引进的那种名贵花种已经繁育出了上万株。但是，小若很沮丧地发现，这种罕见的花朵没有上一年娇艳了，而且花骨朵也比去年变小了，花色也差了很多，花瓣上有杂色，香味也几乎闻不到了。

小若焦急万分，心想这些花难道退化了吗？可是，云南人每年都大面积种植这种花，并没有出现过这种情况呀！于是，她怀着百思不得其解的心情，去向花木专家请教。

专家来到小若的苗圃，仔细查看了花株的生长情况，然后问道："与你这苗圃相邻的地里种的是什么？"

小若指着隔壁的苗圃说："那不是我的苗圃了，里面种植的也是花木。"

专家接着问："他们种植的也是这种花吗？"

小若摇摇头说："这种花是从云南引进的，整个县城也只有我一个人种植。他们的花圃里都是些郁金香、玫瑰、金盏菊之类的花卉。"

专家豁然开朗地说："哦，原来是这样！我知道问题的所在了。"

小若迫不及待地问："究竟是因为什么呀？"

专家很耐心地讲解到："尽管你的苗圃里栽种的是这种名贵花木，但与你毗邻的苗圃却种植着其他花木。所以，在花木授粉的时候，你的花木被传授了临近苗圃里其他花卉的花粉，成了杂交树种，自然它开花就一年不如一年了。"

小若一想专家说的的确有道理，于是问："怎么解决这个问题呢？"

专家说："谁又能阻挡住风传授花粉呢？但是要想保持你引进的花不失本色，唯一的办法就是让你邻居的苗圃里也种上这种花木。"

小若对自己的自私心理感到惭愧，于是按照专家的指示把自己的花种分给了邻居。果然小若的花木又恢复到从前那样招人喜欢，待到上市的时候被抢购一空，小若和她的邻居们都发了大财。

女孩励志课堂

分享是一种博爱的心境，学会分享，就学会了生活。分享是一种思想的深度，深思的同时，你分享了他人的苦与乐。分享是一种生活的信念，明白了分享的同时，明白了存在的意义。只有学会分享的人，才能学会关爱、宽容、付出……同时你也会得到相同重量的爱的回报。

美丽成长智慧库

女孩如何学会与人分享？

分享是一种意识、一种能力、一种品质。学会分享是女孩成长过程中练就的一项本领，是女孩良好交际的基础和前提。那么，女孩应该如何学会与人分享呢？

首先，要从家庭共享开始。我们最开始接触的集体就是家庭，家是我们成长的摇篮。所以应该最先学会跟家人分享，喜欢的东西也好，取得的成绩也罢，一份快乐分享出来就可以变成多份快乐。

其次，要在集体中共享果实。我们总是要生活在集体中，所以同伴交往对你的社会发展和个性成长至关重要。因此，应该创造更多的机会让自己与伙伴们一起玩。在这个过程中掌握与人交往的技巧，并且慢慢学会自觉地与同伴分享。

5. 覆水难收的闲话惹的祸

在很久以前，山里面住着一位学问高深的老人。他德高望重，受人爱戴，因此常常吸引很多做了错事或遇到烦恼的人来向他倾诉，以期找到心灵的平静和解决问题的办法。

有一天，一个女孩来找老人倾诉她的苦恼。老人听完女孩的倾诉之后，找到了女孩的症结所在。原来这个女孩有一个爱说别人闲话的坏毛病，其实女孩的心并不坏，但这些有口无心的闲话被传来传去，往往会给别人造成一定的心理伤害。

老人并没有对女孩的苦恼直截了当地给予指正，只是说："我知道你也为此苦恼。现在你只要回去按照我的指示做就可以消除烦恼。

女孩急切地说："您说吧，只要能让我改掉这个坏习惯，无论什么事情，我一定会照做的。"

老人说："非常好。现在请你回去捉一只鸡，拿到附近的山顶上，将鸡毛一根一根地拔掉扔出去，做完了再来告诉我。"

女孩虽然对老人的指示摸不着头脑，但是又一想也许这样做就可以消除心中的苦恼，便没有提出什么异议。于是，她按照老人的指示做了。先出门去市场上买了一只鸡，然后爬上了附近的一座山顶，拔下了所有的鸡毛并全部扔了出去。这一切都做完了之后，她返回来告

诉老人自己已经按照指示做完了。

老人说："孩子，你做得非常好。你已完成了赎罪的第一部分，现在要做第二部分，你再去把刚才扔出去的鸡毛全部捡回来。"

女孩一听，感到十分为难，她说："这怎么可能呢？山上的风那么大，那些鸡毛早被刮得满山都是了。或许可以捡回来一些，但是一根不差地全部收回是不可能的。"

老人很高兴地说："没错，我的孩子。你想一想你那些脱口而出的闲话不也是如此吗？你常常从口中说出一些愚蠢的谣言，可能过后你会很后悔，但是你想再收回来是不可能的。这只受伤的鸡即使再努力，也很难恢复到原来的样子了，心灵的伤疤是永远也抹不去的。"

女孩听了老人的讲解，终于明白了老人的良苦用心，惭愧地说："我知道错了，我明白该怎么做了。"

女孩励志课堂

一个人的语言美不美，直接影响着人际关系的好与坏。古人云："覆水难收。"说出去的话就像泼出去的水，想要收回是不可能的，对别人的伤害也是无法不留痕迹地抹去的。所以，这类闲话还是少说为好。

美丽成长智慧库

女孩怎样管好自己的"嘴"？

俗话说："良言一句三冬暖，恶语伤人六月寒。"

说话和学习一样，是一种终生都要学习的知识。女孩如何做到既要不后悔说出的每一句话，又能把话说得得体、漂亮、恰到好处呢？

古罗马诗人贺拉斯说："劝告朋友要在无人的地方，赞扬朋友要在人多的场合。"然而，生活中很多女孩总爱在人背后议论别人。有时候也许只是这些闲言碎语，被人传来传去变了样，甚至给他人的生活带来不必要的麻烦和伤害，严重影响人际交往。所以，优秀的女孩一定要知道什么该说，什么不该说，平时在课余时间可以做一些健康有益的游戏活动，不要随意议论别人，更不要传播不利于团结和友情的流言蜚语，以免在伤害别人的同时也伤害了自己。为了能在一个和谐愉悦的环境中生活学习，我们不妨管好自己的嘴。这样既利人又利己，何乐而不为呢？

6. 有尊严的名片

云飞现在是一家保险公司的销售总监。开启她成功之门的钥匙不是她卖出的那一张张数额很高的保单，而是要从一张名片开始说起。

那是城里最大的一家电子企业。初出茅庐的云飞对这样的企业自然有些敬畏，不太敢进去，毕竟那是她第一次推销。她在外面犹豫了很久，不断地调节着自己的情绪。当时，整个楼层只有经理办公室有人，而且门是开着的。云飞轻轻地敲了一下门。

"你找谁？"里面传来了很冷漠的回答声。

云飞轻轻地走进经理的办公室，并双手递上名片，态度温柔而谦和

地说："您好，是这样的，我是保险公司的业务员，这是我的名片。"

"推销保险？今天你已经是第三个了，谢谢你，或许我会考虑，可是对不起，现在我很忙。"那位经理的声音冷冰冰的，没有一点感情色彩在里面。

这种回绝对云飞来说就像家常便饭，何况又是这种大公司。被拒绝的她一点也没有感觉到意外，毫不犹豫地说了声"对不起"就离开了。她走到楼梯的拐角处下意识地回了一下头。就在回头的一瞬间，云飞看见自己的名片被那个总经理撕碎扔进了废纸篓里。她当时气愤极了。于是，她迅速地转身回去，对他说："先生，对不起，如果你不打算现在考虑买保险的话，请问我可不可以要回我的名片？"

那位总经理的眼中闪过一丝惊讶，随即很平静地耸耸肩并对她说："为什么？"

"没有为什么，上面印有我的名字和职业，我想要回来。"

"对不起，小姐，你的名片让我不小心洒上了墨水，如果还给你会对你不尊重的。"

云飞用眼睛看了一下纸篓里被撕碎的名片，很淡定地说："如果真的洒上墨水，我也不会介意的，请你还给我好吗？"

无奈之中的总经理沉思了片刻，随即说："OK，这样吧。请问你们印一盒名片的费用是多少？"

"50块钱。"云飞有些奇怪。

"那好吧，这是100块钱。真的很对不起，我没有零钱，这钱是我赔偿你名片的，可以吗？"总经理一边说一边从钱包中抽出一张100元的钞票。

云飞越发气愤了，在她的头脑中闪过这样一个念头：夺过钱，撕个稀烂，告诉他她不稀罕他的破钱，并告诉他做保险推销的人同样有着不可侵犯的人格。但是，最终她忍住了。

云飞很有礼貌地接过钱，然后从包里拿出两盒名片递给了他："先生，很对不起，我也没有零钱，这两盒名片是找给你的钱，正好请你看清我的职业和名字。这不是一个适合扔进废纸篓的职业，也不是一个应该被扔进废纸篓的名字。"

说完这些，云飞像刚从战场上归来的胜利者，头也不回地走了。

没想到第二天，云飞接到了那个总经理的电话，约她去公司说有事要谈。

此时的云飞胆怯和心虚完全没有了，而是趾高气扬地去打算再和他理论一番。但是出乎意料的是，这次那个经理约她所要商谈的竟是从她这里为全体职工购买保险。

女孩励志课堂

俄国作家屠格涅夫说过："自尊自爱，作为一种力求完善的动力，是一切伟大事业的渊源。"自尊就像一面镜子，当你维护它的时候，你的模样也会光鲜闪亮；但是如果你践踏它的时候，你的容颜也会随着变得丑陋。自尊是人生的一道底线，是人生的一个亮点，自尊是无价的。

美丽成长智慧库

女孩如何维护自己的自尊？

尽管在飞速发展的今天，金钱成为了衡量事物的一个尺度，但它并不是万能的，人的尊严不能用金钱的杠杆来衡量。自尊是无价的。一个人只有堂堂正正，自己看重自己，方能为他人所尊重。所以，自尊自重是一个优秀的女孩应该具备的品质。也只有这样，你才能在变幻莫测的人

际交往中受到别人的尊重，不失人格。

首先，要有自己的原则。自尊是一个人人格的重要组成部分，在人的心理结构中位于较高层次。生活中常常会遇到意想不到或自己无法控制的局面。这时候，就需要你坚持自己的原则：就算对方再强大，也不能在人格面前丧失自我。

其次，要有自己的主见，不盲从。生活中，有些女孩因为一些诱惑，会表现出"死要面子""追求虚荣""盲目骄傲"的一面，在自尊面前失去了自我与方向。这样做是自我价值的否定，是人生观的错误定位。所以，无论到什么时候，都不要失去自我本色，都要有自己的主见。

7. "小可怜"与雪丽的故事

小姑娘雪丽住在云南山区一个县城的小镇上。

雪丽的父母因为都忙于工作，没时间照看她。如果邻居也不在的时候，就会把她一个人关在家里，但是会给她备够充足的食物。父母为她准备了一个专用的玻璃罐子，里面有糖、饼干、巧克力，想吃了就自己去拿。小雪丽是个很乖巧的孩子，不哭也不闹，但是一个人的世界她也感觉有些无聊。

一天，雪丽遥控着她的玩具车，在屋子里玩得很开心。突然，她隐约听到一阵"咚咚"的声音。她停下了玩具车，试探性地寻找声音的来源。但是，她停，声音也停了。雪丽有点害怕，继续打开玩具车，声音又传了出来。这时，她突然停下玩具车，可是声音并没有静止下来。她终于找到了，呵，原来是一只小老鼠钻进了她的糖罐里，怎么也跳不出来了。也难怪，这糖罐口小腹大，四壁光滑，如何逃得出去？看见雪丽向糖罐子走了过来，小老鼠越加跳蹿得激烈，一双绿豆眼闪着哀求的光。雪丽见它可怜的样子，就将罐子翻转，一倾斜，老鼠慌忙跳出，落荒而逃。

可是，第二天又有一只小老鼠困在瓶罐里了。这是昨天的那个"小可怜"，它怎么不长记性呀，难道是自己的饼干太香了？雪丽心想。她这次不但把老鼠轻轻放出，还把几块饼干放在了罐子外面。

果然，小老鼠再也不会掉到罐子里去了，而是在外面大摇大摆吃了个饱，然后再扬长而去。有的时候，雪丽边喊着"小可怜"，边抛给它一小块巧克力，"小可怜"先要闪到一边，确定那玩意儿能吃后，再用两只爪子捧起来，咬一口，感觉味道还可以，才头也不抬地啃个精光。

从此，他俩成了一对默契的朋友。"小可怜"每天都来，吃饱喝足之后，并不急于离去，还要和雪丽玩耍一会儿。雪丽觉得自己不再寂寞，至少这屋子里热闹多了。但是父母在的时候，"小可怜"是不会来的，雪丽也不希望它来，因为他的命可能会葬送在父母的手里。

但是有一天，它还是在雪丽的父母都在的时候来了。

那天清晨，父母还没有出门。突然，"小可怜"窜了进来，猛地咬了雪丽一口。雪丽疼得尖叫了一声，然后哭了起来。雪丽的父亲还没有反应过来，脚上也被"小可怜"咬了一口；接着，它又飞一般地窜向雪丽的母亲。这时父亲赶紧抓起一根棍子，向它扎去，但是机灵的"小可怜"箭一般往门外跑去。就在父亲转回身看雪丽的伤势时，"小可怜"又窜回来，朝母亲也死命咬了一口，然后又"嗖"地窜往门口。这次，一家三口真是急了，纷纷追打。"小可怜"拼命地往门外跑，他们追出门外；"小可怜"跑到屋外的一片空地上，他们誓不放弃地追到空地上。父亲举起早已经准备好的棍子，几步赶上，"啪

啪"几棍下去，"小可怜"终于被打中了……

"小可怜"在地上痉挛着，鲜血缓缓地流出，小眼睛渐渐失去了光泽。

顿时，雪丽难过起来，接着感到一阵天晕地旋，甚至有些站立不稳了。她定了定神，原来是大地在旋转！在抖动！此时，一家三口被眼前的场景惊呆了。父亲首先反应过来，他朝村子里大喊："地震啦，大家快逃啊……"

可是，太晚了。大地又是一阵更猛烈的摇晃。他们看见远处自己的房屋在断裂，倾斜，倒塌……最终，雪丽一家成为这场地震中仅有的几个幸存的人。

女孩励志课堂

西方有一句谚语："冲动是魔鬼。"在确定自己了解了全部的真相之前，千万不要冲动。在人际交往中，难免会有这样那样的误会和隔阂，但是在没有了解事情的真相时，绝对不要武断地下结论。这样，不仅会影响与人之间的感情，甚至会使你陷入尴尬无助的境地。

美丽成长智慧库

在实际交往中，女孩应该如何学会主动信任别人？

培根说过："人与人之间最高的信任，无过于言听计从的信任。"信任是人与人交往的桥梁和纽带。在交往过程中如果不能怀着一颗信任的心，是不会收获纯真的友谊的。

事实证明，能充分信任别人的人常常比较自信，而且也能得到对方的信任，收获更多的朋友和友谊，也会得到更多的快乐。但是，信任也是要分人、分场合的。充分地信赖别人是有一定基础的。像对陌生人，就要有心理防线，否则可能会犯下错误。另外，绝不能拿朋友的好心不当回事，在没有了解事情真相的时候，就对朋友的行动否定，是很不应该的，结果只会自怜自艾。

8. 玻璃球里的爱心

周阿婆在乡下种了几亩菜地，收获的季节她就会把菜摘下来拿到附近一个小镇的蔬菜店去卖，换些生活费。

镇上有三个家里很穷的孩子。他们经常光顾周阿婆的小蔬菜摊儿。但是，他们每次都会空手而归，就好像只是来欣赏那些菜而已。可是，即使这样，周阿婆依然每次都热情地接待他们，把他们当成真正的顾客。

"你们好，孩子们！今天还好吧？"

"你好，周阿婆。我们很好，谢谢。这些豌豆看起来真不错。"

"可不是嘛。孩子们，你们妈妈的身体最近好点了吗？"

"好多了，谢谢你的关心。"

"那就好，你们需要点什么吗？"

"不，阿婆。我们只是觉得你的那些豌豆真新鲜呀！"

"你们要带点儿回去吗？"

"不，阿婆，我们没钱买。"

"没关系的，你们可以用东西跟我交换。"

孩子们摸遍了浑身上下的口袋，然后很不好意思地说："我们只有几颗赢来的玻璃球。"

周阿婆很高兴地说："真的吗？让我看看。"

"给，你看。这是最好的。"其中一个男孩把玻璃球递给了她。

"看得出来。嗯，只不过这颗是蓝色的，我想要颗红色的。你们家里有红色的吗？"

"应该有。"男孩们好像有点失望地说。

"这样，你们先把这袋豌豆带回家，下次来的时候把那个红色玻璃球带来。"

"一定会的。谢谢你，周阿婆。"孩子们很兴奋。

第二天，三个孩子再次光顾了周阿婆的小菜摊儿，而且带来了那颗红色的玻璃球。

像这样的所谓物物交换，周阿婆和三个男孩之间不知进行了多少次。每一次男孩们来到她这儿，她都不会让他们空手而归。

多年过去了，周阿婆因病去世。镇上所有的人都去向她的遗体告别并向家属表示慰问。在长长的告别队伍的前面，有三个引人注目的小伙子。他们三个都是西装革履，衣着庄重，一看就是有身份有地位的人。

他们走上前和周阿婆的亲人们逐一握手，然后泪眼蒙蒙地站在周阿婆的灵柩前，用他们温暖的手握住了周阿婆冰冷的手。这三个小伙子就是当年经常用玻璃球之类的小玩意儿和周阿婆交换蔬菜的那几个穷孩子。在同周阿婆握手告别的瞬间，他们是在告诉她，他们是多么感激她，感激她当年"换给"他们的东西。

现在，周阿婆当然再也不会对玻璃球的颜色和大小有什么要求了，而这三个小伙子也再不需要她接济度日了。但是，他们永远都不会忘记她。虽然周阿婆一生从没发过大财，可是在他们几个人看来，她绝对是这个小镇上最富有的人。

对别人有一颗善心的行为是可贵的，但是如果把这颗善心演变为对自我的炫耀和对他人的可怜，这时，你的善心就已经变成了虚荣和轻视。行善并不是只要有一颗善心就能够做到的。善心更需要表达，善心更需要善为。这就是很多人忽视的，甚至做不到的。但是，周阿婆做到了。她付出的不仅是同情，更多的是爱。

美丽成长智慧库

女孩如何做一个有爱心而且善良的人？

仁爱之心，善良之本是每一个人的生存之道。无论做什么事都要把做一个善良的人作为第一原则。那么，女孩要想成为一个心中有爱的善良之人具体应该怎么做呢？

首先，要学会与人分享。善于与人分享的女孩心胸比较开阔，能把别人的困难和痛苦看在眼里，当成自己的事，自然爱心就会不断地萌生滋长，善良的本色也就会凸显其无穷的魅力。

其次，多亲近大自然。经常接触大自然、感受大自然，就会在大自然的环境渲染下不知不觉地对一花一草一木萌生喜爱之情，进而产生爱心。

再次，要学会主动地帮助别人。帮助别人的过程就是培养爱心的过程。

最后，要学会尊敬长辈。

"心的天堂源于善"。当善良之花开在心灵深处的时候，一切的烦恼、纷争、误解都将灰飞烟灭，化作一种春风化雨般的滋润。

9. 正视缺陷是一种美

一个名叫菁菁的女孩，在读初中一年级的时候，被诊断为白血球过多症。这个事实让她的父母无法接受，却不得不接受。

在接下来的几个月里，菁菁必须经常到医院接受定期检查。病痛的折磨对她来说已经是一个严峻的考验了，但是化疗导致头发严重脱落更是让她苦不堪言。这对一个13岁的女孩来说的确是一场噩梦。她的家人也为此担心起来。

以前，菁菁的人缘很好，很多同学都喜欢她，而且还是学校篮球队的拉拉队长，总会有一些死党跟随。但是，自从她生病开始脱发以后，整个世界都改变了，经常有同学在背后嘲笑她。这对她造成的伤害是不言而喻的。

上初二的时候，菁菁不得不戴上了假发，虽然感觉不太舒服，头很痒。可是在两个星期的时间里，她的假发竟然被人从后头偷偷拉开6次。每一次她都会停下脚步，弯腰，因为害怕和困窘而颤抖，然后从地上捡起假发重新戴好，再甩掉眼泪坚强地回到班上。孤单无助的她是多么希望能有人为她挺身而出。

这样地狱一样的生活持续了两个星期。终于有一天，她告诉父母她再也无法承受了。父母也无可奈何地说："如果你愿意，你可以待在家里。"这对于一个将要死去的孩子无疑是一个最好的选择。

菁菁说出了心里话，她说："没有头发不算什么，我可以面对这个痛苦，但是没有朋友我是真的受不了。走在校园里，同学们会因为我来了，离我远远的，好像我就是一个奇怪的动物，只因为他们不愿站在一个戴假发、得怪病的女孩旁边。失去生命对我来说也没有失去朋友对我的伤害大。"

最终，她考虑了父母的建议离开学校回家休养，但是在杂志上看到一个真实的故事却改变了她的想法。

故事中的主人公是一个比她还小的男孩。他小时候得了小儿麻痹症，所以天生矮小，都上五年级了，个子还不到1米。可是，他从来不躲避别人异样的眼光，也从不掩盖自己的缺陷，而经常用"浓缩的都是精华"这句话来鼓舞自己。现在他已经考上了理想中的医学院。他的理想是努力完成学业，将来成为一名出色的医生。

看了这个故事之后，菁菁受到了很大的鼓舞。认真思考了一番之后，她决定重新回到学校。

一周之后，菁菁又戴上假发上学了，而且她把自己打扮得很漂亮。父母都有点担心，但还是尊重她的想法，把她送到了学校。尽管她还是不受欢迎，依然有很多同学嘲笑、捉弄她，但她却再也不伤心难过了。她知道，总有一天，他们会接纳自己。

有一天上学路上，菁菁对父母说："爸爸妈妈，你们猜我今天准备在学校做什么？"父母很诧异，忙问她准备做什么。菁菁回答："今天我要去发现谁是我最好的朋友，谁是我真正的朋友。"说着她摘掉了假发，把它放到妈妈手里。"这个假发我不需要了，我要在不太多的生命里做回真正的自我，让别人接受我真正的样子。而且我要找出谁是我真正的朋友。"

父母为她的勇敢而感动："会的，孩子。"当她向校园走去的时候，她听见父亲说："这才是我的好女儿！"那天，果然发生了奇

迹，她经过运动场，走进学校，没有人再大声讥嘲，没有一个人再去捉弄这个充满勇气的女孩。

女孩励志课堂

人无完人，每个人都会有缺点或不足。你越掩饰，就越会暴露得更加突出。但如果你以正确的态度面对自己的缺陷，把它很坦然地展示在众人面前，他们也就没有那么强烈的好奇心了。自然而然，你的缺陷就会成为一种司空见惯的事。这样，对自己就不会设下很高的门槛，也不会给你带来更多的伤害。

美丽成长智慧库

女孩如何应对生命中的挫折和压力？

生活中的挫折和压力就是一把双刃剑。它既可使人走向成熟、取得成就，又可能破坏个人的前途。关键在于你怎样面对挫折和压力。

首先，要以积极的心态面对，把压力变成动力。人只有经历过挫折和压力，才会变得成熟起来。所以，当挫折和压力来临的时候，不要惊慌和害怕，而要冷静分析，想出更好的改进办法并及时总结经验，吸取教训。同时，要学会自我宽慰，容忍挫折。

其次，懂得自我调整。当你在受挫之后，要想使自己依然能够保持奋发向上、乐观豁达的心理状态，就要及时将自己的情感和精力转移到有益的活动中去。这是摆脱痛苦最好的办法。

再次，学会宣泄，舒缓压力。面对挫折和压力的时候，最好的办法就是找你认为值得信任和理解你的人，把心事倾诉出来。从心理健康角度而言，宣泄也是一种自我心理救护措施，能使不良情绪得到淡化。